KB137077

허튼글, 허턴말,

그러나.... II

허튼글, 허턴말, 그러나.... II

2024년 3월 2일 초판 1쇄 인쇄 발행

지 은 이 | 양종균(둥지방)
펴 낸 이 | 박종래
펴 낸 곳 | 도서출판 명성서림

등록번호 | 301-2014-013
주   소 | 04625 서울시 중구 필동로 6 (2, 3층)
대표전화 | 02)2277-2800
팩   스 | 02)2277-8945
이 메 일 | ms8944@chol.com

값 18,000원
ISBN 979-11-93543-49-8

허튼글, 허턴말, 그러나.... Ⅱ

잘못 알고 있는 사실, 숨겨진 진실은...

양종균

도서출판 명성서림

차례

1부

§ 長篇(장편) 아닌 掌篇(장편)으로서의 허턴 말,: 꽁트

하늘에서의 역사기행 후편

최고의 휴머니즘 '홍익인간 008 | 천하 우두머리 치우천황 034 | 호동왕자, 낙랑공주는~ 049 | 먼 옛날에 '환'이란 나라가 있었다 076 | 역사를 개척한 단군조선 105 | 일본으로 건너간 蘇塗(소도) 130 | 은나라의 정벌과 백이 숙제 153 | 단군의 국통을 잇는 부여 184 | 해양 제국 대 백제 213

2부

§ 또 다른 허튼 글 : "시 답지 않은 詩"이지만

가는 세월 못 잡고 오는 세월 막지 못해 아등바등하면서

누구의 모습일까 250 | 가을 단상 251 | 수성할매 252 | 흥부 박 253 | 교수가 할 일은.... 254 | 가야금 거문고 등기 둥둥 255 | 하늘이여 통곡하소서! 256 | 용서는 누가 하는가 258 | 비가 왔으면... 260

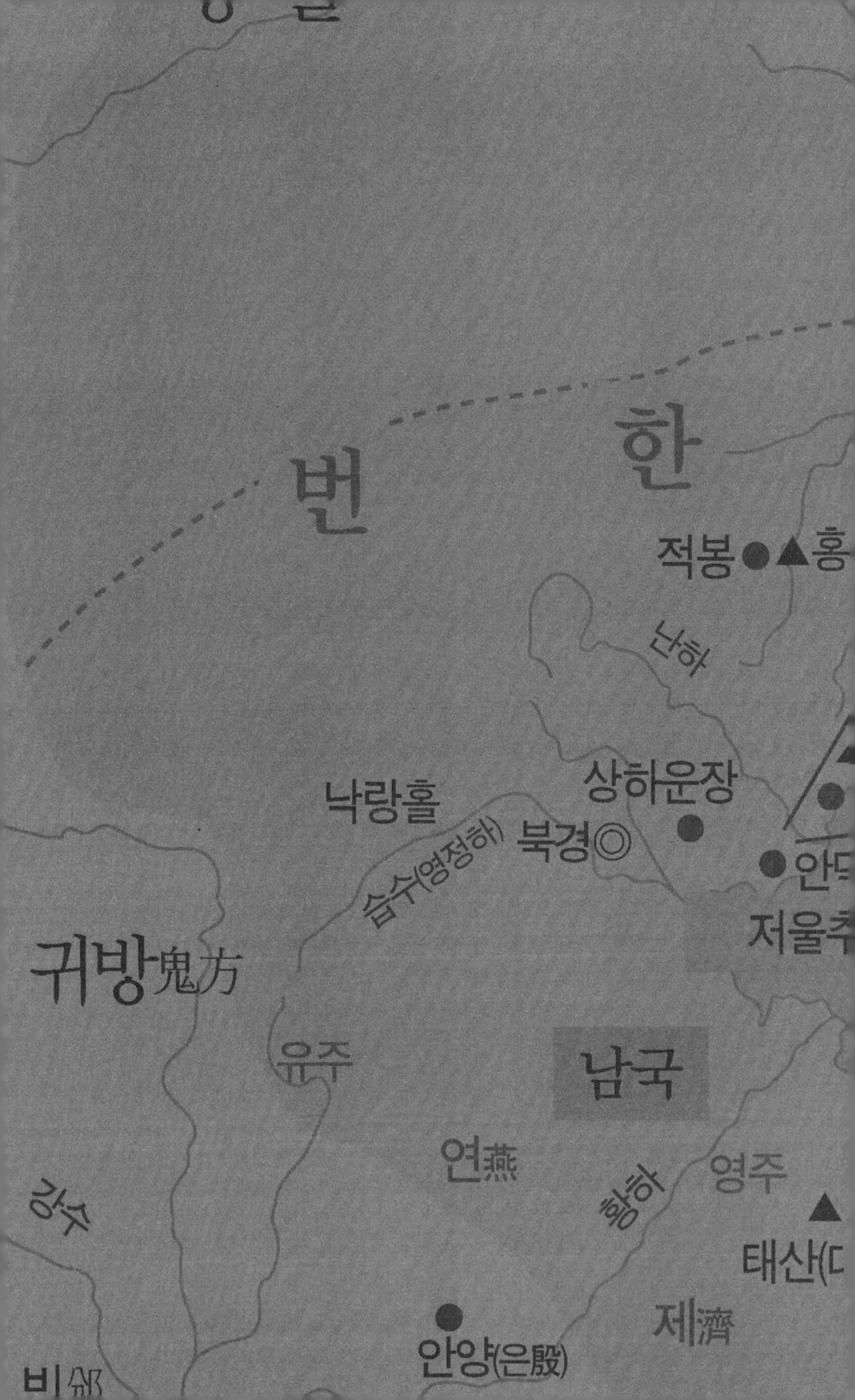

번
한
적봉
난하
상하운장
낙랑홀
북경
습수(영정하)
귀방鬼方
유주
남국
연燕
황하
영주
강수
태산
제濟
안양(은殷)
비邠

1부 長篇(장편) 아닌 掌篇(장편)으로서의 허턴 말,: 꽁트

하늘에서의
역사기행 후편

❶ 송화강 아사달(하얼빈/소밀랑)
저울대
❷ 백악산 아사달(장춘/녹산)
❸ 장당경 아사달(개원)
▲백두산(불함산)
구려하(서요하)
심양
동압록
마
한
동해
백아강
(평양)
저울판
혈구(강화도)
발해
준왕의 망명지
(금강하구 어래산御來山)
한
낭야
탐모라

최고의 휴머니즘 ‘홍익인간’

『삼국유사』는 쉽게 찾을 수 있었다. 일연스님이 지은 것을 제자 務劇(무극)이 간행한 것이다.

“홍익인간이 나온 부분은 어디지?”

“여기 있네요, 奇異(기이)편에 있습니다.”

동생은 홍익인간이 있는 문구를 가리키며 말했다.

僞書云(위서운). 「乃往李千載有檀君王儉(내왕이천재유단군왕검). 立都阿斯達(입도아사달). (經云無葉山(경운무엽산). 亦云白岳(역운백악). 在白州地(재백주지). 或云在關城東(혹운재관성동). 今白岳宮是(금백악궁시).) 開國號朝鮮(개국호조선). 與高同時(여고동시). 古記云(고기운). 昔有桓国(석유환국)(謂帝釋也(위제석야))庶子桓雄(서자환웅). 數意天下(삭의천하). 貪求人世(탐구인세). 父知子意(부지자의). 下視三危太伯可以弘益人間(하시삼위태백가이홍익인간)」

“下視三危太伯可以弘益人間(하시삼위태백가이홍익인간)이라!”

내가 홍익인간을 되새기며 한 말이다.

“형씨가 전체를 읽어 주시겠습니까?”

“그러지요, ‘위서에 이르기를 2000년 전에 단군왕검께서 도읍을 아사달에 정하시고 나라를 세워 이름을 조선이라 하시니 ‘고’와 같은 시대이다. 아사달은 '경'에는 무엽산 또는 백악이라 하며 백주에 있다. 혹자는 관성의 동쪽에 있는 지금의 백악궁이라고 한다. 나라를 세워 조선이라 하며 '고'와 같은 시기다.'"

"위서라함은 조조가 세운 위나라 역사책인가?"

"글쎄요, 위서의 종류가 많아서. 조조의 위나라 왕침이 쓴 게 있고 5호16국 때 북위의 역사책인 북제의 위수라는 사람이 쓴 게 있습니다만……."

"중국 역사라 역시 형씨가 잘 아시는구먼."

"고교시절에 배운 겁니다. 내용은 모르지만요."

"음, 그런데 高(고)는 누구인가? 동생은 아는가?"

"요임금의 이름입니다."

"아~ 요순시대 할 때 그 요임금이구나. 요, 순 임금은 어느 나라 왕이었던가?"

"唐(당)으로 알고 있습니다만, 아~ 수나라 당나라 때의 당이 아니고 전국시대 나라입니다. 전설상의 임금으로 알려져 있어, 정확히는 모릅니다."

"지난번 가륵 천자님 시대를 갔을 때 순임금 나라는 조선의 제후국이던 것 같은데……."

"그렇습니다. 태평성대의 대명사이며 삼황오제 중의 두 사람이지요, 순임금이 단군조선의 제후국이었다는 사실에 저도 깜짝 놀랐습니다."

"저도 믿어지지 않아요!"

중국인 친구가 힘없이 말했다.

"됐고, 다음을 읽어 보지."

「古記云(고기운). 昔有桓国(석유환국)(謂帝釋也(위제석야))庶子桓雄(서자환웅). 數意天下(삭의천하). 貪求人世(탐구인세). 父知子意(부지자의). 下視三危太伯可以弘益人間(하시삼위태백가이홍익인간) 乃授天符印三箇(내수천부인삼개) 遣旺理之(견왕리지) 雄率徒三千(웅솔도삼천) 降於太伯山頂[卽太伯(강어태백산정즉태백) 今妙香山]神壇樹下(금묘향산신단수하) 謂之神市(위지신시) 是謂桓雄天王也(시위환웅천왕야)」

고기에 이르기를 옛날 환국이 있었다(제석을 말한다). 서자 환웅이 자주 천하에 뜻을 두고 인간세상을 구하고자 하였다. 아버지가 아들의 뜻을 알고 아래로 삼위태백 땅을 내려다보니 널리 인간을 이롭게 할 만한지라.

이에 천부인 세 개를 주어, 그곳에 가서 다스리게 하였다. 환웅이 무리 3천 명을 거느리고 태백산 꼭대기(바로 태백은 지금의 묘향산이다) 신단수 아래 내려와 이를 일러 신시라고 하였으니 그를 환웅천왕이라 한다.」

• • •

“여기서 『古記(고기)』는 무슨 책인가? 환국은 또 뭐지? 환국이라는 나라가 있었나?”

내가 무슨 말을 하는지 잘 모를 정도였다.

“『고기』가 무슨 책인지는 모르겠습니다. 『단군세기』에도 기록이 있었습니다만, 그리고 환국이란 말도 처음 들어봅니다. 배달국 이전에 나라가 있다는 것인데 믿기지 않네요.”

“아니, 이 책에 분명 환국이라 기록되어 있잖은가?”

“저도 헷갈립니다. 제가 배운 『삼국유사』에는 ‘昔有桓國(석유환국)’이 아니라 ‘昔有桓因(석유환인)’으로 배웠는데 어찌 된 건지 모르겠습니다. 그리고 ‘或云在關城東(혹운재관성동)’이라 되어 있는데 배우기로는 ‘或云在開城東(혹운재개성동)’이라 배웠고요.”

“그건 또 무슨 말인가? 일연 스님이 두 권을 썼을 리 없고. 후대 내려오면서 간행 과정에서 오자가 생긴 걸까? 아님 일부러 조작하거나……”

“그럴 수도 있겠지요. 간행본이 몇 개 되다 보니…… 암튼 이 책이 제가 배운 것보다는 500년 이상 앞선 것이고, 이게 원본일 수도 있습니다.”

“다음에 진본을 확인하러 가야겠네.”

“그러시죠. 환국이라, 환국이라……”

동생은 고개를 저으며 중얼거렸다.

"제석은 또 뭔가?"

"부처님이 계시는 곳이란 뜻입니다."

"환국이 부처님 계시는 곳이라? 스님다운 주석이네. 그래서 불교적인 용어 때문에 전설상의 신화로 인식된 모양이군. 그리고 환웅은 하필이면 왜 첩의 자식인 서자였지?"

"환인으로 배웠을 땐 저도 환인의 적장자가 아닌 서자로 생각했는데 환국이라면 달리 생각해 볼 수도 있습니다. 가령 고려시대 서자라는 부서가 있었듯이 환국의 어떤 부서를 말하는 것일 수도……."

"맞아요, 우리 중국에서도 태자의 스승이나 높은 벼슬을 말하기도 합니다. 일반적으로는 여러 아들 또는 많은 사람이라는 뜻이지요."

"많은 사람이라…… 그러면 부족을 뜻할 수도 있겠군요. 아니면 서자벼슬을 한 사람이라든지……."

동생이 한 말이었다.

"음, 듣고 보니 그렇네. '서자 부족 환웅' 또는 '환인의 여러 아들 중 한 사람 환웅' 이렇게 생각해 보면 되겠다."

"선생님, 여기 『삼성기』라는 책이 있는데 여기에도 환국이라는 말이 나옵니다."

"뭐요? 『삼성기』? 어디 봅시다."

동생은 화들짝 놀라며 그곳으로 갔다. 나 역시 뒤따랐다. 중국인 친구는 한참 떨어진 서가에서 책을 보고 있다.

"이것 보세요, 여기에 '吳桓建國最古(오환건국최고)', '謂之桓國(위지환국)'라 기록되어 있습니다."

"이럴 수가? 어떻게 이런 책이……."

"이뿐만 아닙니다. 저자는 다르지만 또 다른 『삼성기』도 있어요."

두 권의 『삼성기』. 한 권은 안 함로가 쓴 것이고 또 한 권은 元董仲(원동중)이 쓴 것이다.

"안 함로? 원 동중? 이 사람들이 누굴까? 어디선가 본 적이 있는데…… 그렇지!"

"뭔가?"

"얼마 전에 우리말로 번역된 조선실록을 읽은 적 있는데 세조, 예종, 성종실록에 收書令을 내렸는데 거기에 두 사람과 이 책이 포함되었습니다."

"收敍令(수서령)? 소위 불온도서를 거둬들였다는 말인가?"

"그런 셈이지요, 상당히 많은 책들이었는데 古朝鮮祕詞(고조선비사), 大辯說(대변설), 朝代記(조대기), 表訓三聖密記(표훈삼성밀기), 表訓天祠(표훈천사) 등이 기억납니다."

"그 기준이 뭐였는데?"

"아마도 조선 통치이념, 즉 유교이념에 맞서거나 혹세무민 등이겠지요. 자진 신고하면 상을 주고, 은닉하다가 발각되면 참형을 한다고 했습니다."

“참형까지 한다고? 도대체 어떤 내용들이기에…….”

“우선 내용부터 봅시다.”

동생이 책을 펼치자 중국인 친구가 해당되는 부분을 짚어 주었다. 「吾桓建國最高(오환건국최고)」 첫 장, 첫 구절이다. 이어서 「謂之桓國(위지환국)」, 「是謂天帝桓因(시위천제환인)」, 「後桓雄氏繼興(후환웅씨계흥)」, 「在世理化弘益人間(재세이화홍익인간)」, 「立都神市國稱倍達(입도신시국칭배달)」 등이다.

“동생, 이 책이 혹시 『삼국유사』에서 인용한 ‘고기’가 아닐까?”

“저도 그렇게 생각됩니다만, 잠시 만요! 세조 이후 실록에 언급되었으니 세종대왕 시절에는 그 책들이 있었다는 겁니다.”

“그 책들 중에서 고기가 있을 수 있다는 거지? 그럼 그것도 찾아볼까?”

“우선 이 책부터 읽어 보도록 합시다. 형씨 읽어 보실래요?”

중국인은 또박또박 읽어주었다.

“우리 환족이 세운 나라가 가장 오래되었다. …… 환인께서 만백성의 우두머리가 되어 …… 환국이라 했다. …… 이어 환웅씨가 계승하여 …… 천부인을 지니고 …… 인간을 널리 이롭게 하시며 신시에 도읍을 정하여 나라 이름을 배달이라 하셨다.”

“그만, 그만, 되었어요. 형님. 어서 배달국에 가봅시다.”

동생은 흥분에 휩싸인 모습이었다.

나 역시 안달이 났었다. 그가 읽었던 문장 중에 ‘斯白力(사백력)’이니, ‘天帝桓因(천제환인)’이니, ‘安巴堅(안파견)’ 등 어려운 용어 때문에 이해가 안 되는 부분도 많았지만 배달국이 있는 것은 확실하므로 조금이라도 빨리 배달국으로 가고 싶었던 참이었다.

"형님, 우리는 배달겨레, 배달민족이라 했잖습니까? 배달민족이란 무슨 뜻일까요? 이제 그 뿌리를 찾으러 갑시다."

"그러세, '홍익인간'도 알아 봐야지? 환웅천왕이 최초로 오셨다는 신시 신단수로 가면 되겠지."

"저- 아래가 신시 인 모양이군. 형씨, 여기가 어디쯤일지?"

하늘에서 내려다보는 신시는 광활했다. 남쪽으로는 우뚝 솟은 산과 그를 잇는 좌우 산맥이 병풍처럼 둘러 있고 산맥을 마주보며 멀리는 강이 굽이굽이 흐르고 있었다.

"저 강은 송화강 지류인 것 같고 저산은 장백산인 것 같습니다."

"장백산이라니! 백두산입니다. 형씨."

동생이 퉁명스레 말한다.

"조선에서는 백두산이라 하지만 중국에서는 장백산이라 합니다."

"남의 나라 지명을 그대로 불러 주어야지 왜 당신들 멋대로 이름을 바꾸느냐 이겁니다."

"아, 그렇군요. 아시다시피 저 산의 반은 우리 중국의 땅입니다."

"뭐요? 당신들 땅? 당신들이 강압적으로 뺏어간 것이지……."

"강압적으로 뺏다니요? 북조선 김일성이가 6·25 해방전쟁 때 우리가 도와준 것에 대한 고마움의 표시로 넘겨준 것인데……."

"그게 말이 됩니까? 영토를 무슨 물건처럼 넘겨주고 할 수 있어요? 그리고 해방전쟁이라뇨? 6.25 북한이 자행한 남침전쟁이었는데..."

"동생, 그만하게. 저들은 6.25전쟁을 그렇게 부르는 것이지. 그리고 북한의 반 정도를 중국에 넘겨준 것은 저 친구 말이 맞네. 1950년대 후반 소련의 후리스쵸프가 소위 '수정주의 노선'을 취하자 소련에 대한 불신과 체제유지에 불안감을 감추지 못하던 김일성은 모택동의 지원을 받고자 6.25의 혈맹관계를 내세워 백두산 天池(천지)를 중심으로 봉우리 16개 중 10개를 중국에 割讓(할양)하는 밀약이 있었다네."

"저런 죽일 놈 봤나? 전쟁으로 수없이 많은 동족을 죽게 한 것도 모자라 우리 땅을 상납하다니, 힘이 없어 억울하게 빼앗긴 백두산 정계비에 명시된 우리 땅 간도를 되찾지는 못할망정 민족의 영산을 고스란히 상납하다니……."

동생은 주먹을 불끈 쥐고 치를 떨었다.

"동생, 그게 바로 매국의 전형이 아니겠나. 그러면서도 '주체'니 하며 우리를 향해서는 사대주의 운운하고, 한걸음 더 나아가 '미제국주의 식민지'라고 떠들고 있지."

"기가 막힙니다. 내가 학생들에게 이런 사실을 제대로 가르쳤어야 했는데……."

"아참. 형씨, 어때요? 우리나라가 북한이 말하는 것처럼 미국의 식민지라고 생각해요?"

"사실 학교에서 그렇게 배웠습니다. 그리고 30년 전까지는 그렇게 믿었지요."

"30년 전이라뇨? 그때 무슨 일이 있었어요?"

그는 눈을 크게 뜨며 질문했다.

"86아세안 게임, 특히 88서울 올림픽입니다."

"서울올림픽? 그게 왜?"

동생의 눈도 더욱 커지면서 질문했다.

"미국의 식민지인 나라가 올림픽을 개최한다는 게 믿을 수 없었지요, 게다가 한동안 미국과 소련 간의 갈등으로 80년, 84년 반쪽 올림픽 때문에 서방세계를 경험하지 못하던 사회주의 국가들이 88올림픽에 참가하여 미국의 속국 내지는 식민지라 여겼던 아주 작은 나라가 사회주의 국가보다 훨씬 발전된 나라가 되었음을 직접 경험하면서 큰 충격을 받게 되었습니다. 그때 갓 대학생이던 나도 TV를 보면서 적지 않은 충격을 받았습니다. 그러다가 한류와 함께 우리의 변방국인 북조선 인민들이 탈북하는 것을 보면서 한국을 부러워하였지요."

"88올림픽이 사회주의국가들에게 그렇게 큰 충격을 주었다니 믿기지 않네요."

"동생, 소련을 비롯한 동구권 사회주의 국가들이 88올림픽 이후 몇 년 사이 붕괴된 것이 우연이 아닐세……."

“그러고 보니 그렇군요. 결과적으로 88올림픽이 공산주의체제를 몰락시킨 원인이 된 셈이군요.”

“우리 중국도 많은 변화를 가져왔습니다. 등소평의 ‘黑描白描(흑묘백묘)’론에 입각한 실용주의적 개혁으로 경제발전을 하게 되었어요. 덕분에 인민들의 삶의 질이 높아지게 되었고, 물론 삶의 질이 높아지는 반면에 빈부의 격차가 심해지긴 했지만…….”

“흐흐, 검은 고양이든 흰 고양이든 쥐를 잘 잡으면 그만이라더니...그 개혁의 근간은 사적 이윤추구와 소유의 확대였는데 그들은 자본주의란 말을 사용할 수 없었지만 거의 자본주의체제였다고 볼 수 있지. 그렇지만 실용주의 등소평도 중국공산당 체제유지를 위해서는 공산주의 근간을 흔드는 자본주의사상은 용납할 수 없기에 인권이나 언론의 자유를 부르짖는 천안문의 대학생 시위를 탱크로 무참하게 진압할 수밖에 없었겠지?”

“형씨, 천안문 사건도 서울 올림픽과 무관하지 않겠군요.”

“그렇다고 볼 수 있습니다. 어쨌거나 중국인민들은 그 사건을 가슴에 품고 있습니다.”

“형님, 저 아래를 보십시오. 곧 행사가 거행될 모양입니다. 내려가보시지요.”

궁궐은 넓은 들판에 우뚝 솟았다. 그러나 아사달의 그것과는 사뭇 달랐다. 성곽은 물론 성채도 없고 궁궐도 웅장하지 않았다. 화

려한 채색이나 단청도 없이 자연그대로 다듬었다.

궁궐에서 좀 떨어져 3단의 원형 제단이 궁궐을 마주한 채 설치되었다.

제단을 앞으로 하여 양 옆으로 도열한 병사들은 날렵하게 만든 석창에 방패를 지녔고 什長(십장)의 지휘자들은 짤막한 청동검을 휴대하였다.

중앙에는 부족을 대표하는 여러 부족장들이 자신이 이끌고 온 부족 앞에 두 손을 모은 채 기다리고 있다. 그중 어떤 사람은 목걸이나 귀걸이 또는 요대 등 옥으로 만든 장신구를 지니고 있었다.

운집한 모든 백성들은 머리에 상투를 틀었다.

"동생, 이 시대는 아직 석기시대를 못 벗어난 모양일세."

"당연하지요, 아사달시대보다 1,500여 년이나 앞선 시대인 걸요. 우리 시대로 계산한다면 6,000년 전입니다. 신석기 말기이자 청동기 시작 시대라고 할 수 있겠지요."

"지난번 아사달시대 때도 믿기지 않았는데 6,000년 전에 이렇게 고도의 문명이 있었단 말인가? 저 사람이 지니고 있는 옥 장식물 보게나. 어찌 저렇게 정교하게 만들었을꼬? 예술품이야. 요즘도 저렇게 만들기는 쉽지 않을 텐데……."

"저 역시 그게 궁금합니다. 옥을 저렇게 가공할 수 있는 기술이라면 대단한 기술이겠지요. 특히 실을 꿸 수 있도록 구멍을 뚫으려면 옥보다 강한 어떤 물질이 있거나 옥을 녹일 수 있는 첨단의 기술이 필요할 겁니다. 이는 인류 역사의 새로운 문화라고 할 수 있습니다."

"새로운 문화? 구석기시대, 신석기시대, 다음에 옥 문화시대라고 부르지 뭐. 허허……."

"잠깐요 선생님, 옥 문화시대라는 말을 들은 적 있습니다. 수년전에 요령성에 근무할 때 30여 년 전 紅山(홍산)에서 옥기가 무더기로 출토되어 학자들이 옥 문화시대라고 했다 했습니다. 그러고 보니 지역도 이 부근인 것 같고 그 옥이 바로 이건가 봅니다."

"맞습니다!"

동생이 손가락을 튕기며 외치듯 말했다.

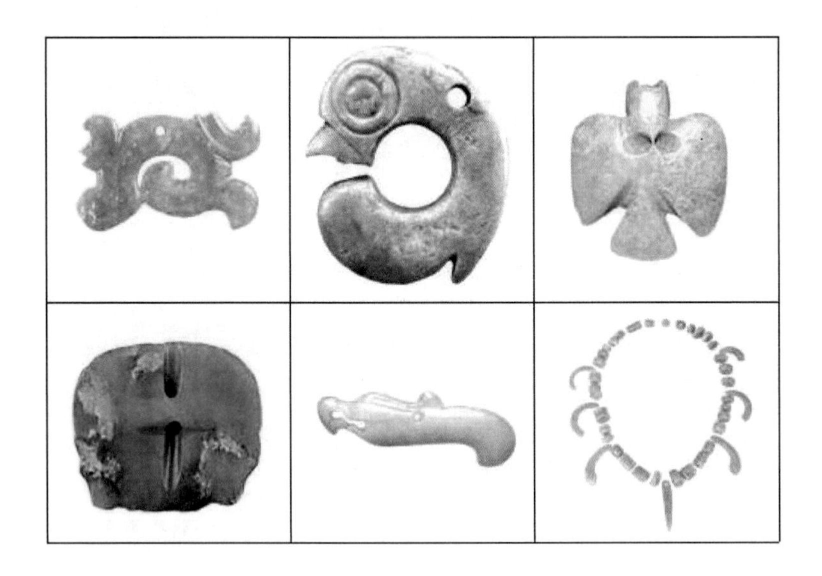

"1980년대에 황화문명보다 훨씬 앞선 홍산문명이 발굴되었다고 대대적인 보도가 있었고, 그 문명의 주인공이 누구인가가 논쟁거리였습니다만 정작 우리 학계에서는 별로 관심을 두지 않았었죠. 중국에서는 이미 자기들의 역사로 편입시켰는데 그 문명의 주인공이 바로 여기 있는 우리 배달민족인 것입니다."

"허어, 후손들이 못나서 이처럼 찬란한 우리 민족역사를 고스란히 중국에게 넘겨준 꼴이구먼."

"그야 중국 영토 안에 있는 역사이니 당연히 중국 역사 아닙니까? 조선족이 만든 문화이며 역사라 할지라도 현재의 조선족은 우리 중국의 소수 민족으로서 지방 역사인 것이죠."

"이보시오 형씨, 우리 민족의 역사가 당신들의 지방 역사라니, 지금 이곳의 현실을 보고서도 그 말이 나오는 겁니까? 현재 당신들의 땅이라 해서 이 역사가 당신들의 역사란 말이요?"

동생이 발끈하였다.

"동생 그만하게. 민족사와 그 나라의 역사는 구분될 수 있겠지. 다만 그 역사의 주체나 주인공이 누구인가는 확실히 짚어야 할 텐데, 우린 그 마저도 중국에게 빼앗긴 것 같군, 아니 우리 스스로 넘겨준 것 아닌지 몰라."

"형님, 동북공정이란 말 들어 보셨죠?"

"들어보긴 했지. 고조선, 고구려, 발해 등 우리 한국사를 중국 역사로 귀속시키려고 하는 작업이라면서?"

"맞습니다. 저 친구 말을 들어보니 이미 그들의 의도대로 된 모양입니다. 우리의 역사 강역마저 강탈당한 셈입니다."

"동생, 그게 단순히 역사 강탈로만 끝날 것 같지 않은데?"

"무슨 말씀인지?"

중국인 강 씨가 질문하였다.

"중국은 백두산 일부를 상납 받은 것을 계기로 백두산이라는 이름 자체를 지워버리고 장백산으로 둔갑시켜 백두산 전체를 자기들의 것으로 만들어 세계인들에게 인식시키고 있듯이, 후일 북한에 정치적 변고가 있을 경우 자신들의 변방 역사의 옛 땅임을 내세워 북한을 점령하는 명분으로 내세울 수 있지 않겠나?"

"일리가 있는 말씀입니다. 형씨는 어떻게 생각해요?"

"중국은 천하의 중심이어야 하고 세계 최강의 나라가 되어야 하니까 충분히 그럴 가능이 있습니다."

• • •

'환웅 천황 만세! 만만세~'

천지가 진동하였다.

환웅천황께서 풍백, 운사, 우사 삼인의 제사장과 그리고 농사, 왕명, 형벌, 질병, 선악을 주관하는 五家(오가)를 거느리고 제단에 나타나셨다.

천황 옆에는 한 여인이 자애한 모습으로 계셨다. 곰 부족의 여왕이자 황후이신 웅녀신이시다. 두 분 모두 천지화로 장식한 금동화관을 쓰셨다.

환웅 천황께서는 환인 천제로부터 물려받았다는 삼부인, 즉 劍과 방울, 그리고 거울을 몸에 지녔다. 그것은 청동으로 만든 것이다. 검은 비파처럼 생겼으며 방울은 8개의 방울로 연결되어 방울 안에는 옥구슬이 들어 있어 움직일 때마다 영롱한 소리를 내었다.

가슴 중앙에 걸린 거울은 어찌나 맑은지 햇빛에 눈부셨고 모여 있는 모든 백성들을 거울 속에 다 품었다.

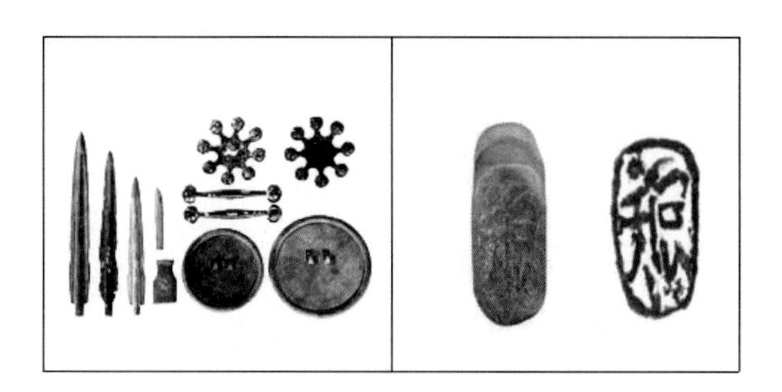

천황께서는 제단에 삼육대례를 한 후 백성들을 향해 두 팔을 벌려 동검과 방울을 높이 들고 외쳤다.

“백성들이여, 상제님 보우하사, 우리는 하늘을 어버이로 땅을 어머니로 받들며 하늘과 땅이 하나가 되어 우주광명을 품고 태어난 천손의 자손이자 환족의 후예임을 천명하노라!"

백성들은 '상제님 보우하사!!!'를 여러 번 외친다.

"나 환웅은 환국의 환인천제님으로부터 명을 받아 하늘, 땅, 그리고 사람으로 顯現(현현)하시는 상제님의 홍익인간의 이념을 펼치고자 이곳에 신시를 개척 건설하였노라!!!"

백성들은 '환웅 천황 만세! 만만세~'로 화답하였다.

"동생, 지금 우리가 배달조선에 온 것이 아닌가? 환국이라니?"

"형님 저도 혼란스럽습니다. 환국이 정말 존재한 것인지……."

그는 '吾桓建國最古(오한건국최고)', '昔有桓國(석유환국)'이란 말을 몇 번인가 중얼거렸다.

"백성들이여, 우리는 우주광명의 진리인 '홍익인간'을 실천하는 하늘의 자손, 환족의 후예임을 자랑스럽게 생각하며 '홍익인간'을 만대에 잇고자 오늘 이 자리에서 '배달국'을 개천함을 만방에 천명하노라!"

"환웅천황 만세! 배달국 만세~!"

'이렇게 되면 개천절의 출발이 배달국으로 바뀌어야 되겠는데……. 그리고 홍익인간 역시 배달국에서 출발한 우리 민족의 염원일세... 인간 세상을 널리 이롭게 하자는 교육이념을 말하는 수천 년 전의 우리의 이념일세....'

다시 한 번 우리 민족의 염원인 홍익인간을 되새겨 보았다.

• • •

"환족의 후예, 배달의 백성들이여, 그동안 상제님의 참뜻을 올바르게 수행 정진한 웅족(곰을 수호신으로 하는 부족)을 배달국의 으뜸 백성으로 입적하며 제사장을 황후로 맞이하여 배달국의 정기를 대대손손 전하고자 하노라!!!"

"환웅천황 만세! 황후마마 만세~!"

황후는 백성들을 향해 자애로운 미소와 함께 다소곳이 고개 숙여 절을 하였다.

"동생, 웅족의 수행 정진이라는 게 동굴에서 마늘과 쑥을 먹고 100일 동안 수행한 것을 말하는 모양일세. 호족은 어떻게 되었을까?"

"그야 서로 경쟁하다가 호족이 탈락되었거나 패하여 변방으로 밀려났겠지요."

"흐흐, 백수의 왕이라는 호랑이가 곰한테 KO패 당했구먼."

"상제님 보우하사, 백성들이여! 北斗(북두)에 계시는 상제님은 언제나 우리를 보살피고 계심이라. 성심을 다하여 상제님의 가르침을 받들지어니, 상투는 곧 우리 몸의 북두이자 상제님이 머무시는 곳이니 언제라도 경건히 다듬어 상제님을 기쁘게 할 지어다! 상제님 보우하사."

"상제님 보우하사, 상제님 보우하사!"

• • •

“동생, 우리 민족의 풍속인 상투가 여기서 유래한 것이었구먼.”

“그러고 보니 頂(정)수리란 말도 상투와 연관이 있을 것 같습니다. 정수리는 머리의 끝이자 중심부로서 상투는 정수리를 감싸고 보호하는 역할을 하는 것 같군요.”

“음... 그런 것 같구먼, 배달국이 몇 년간 이어졌을까? 동생.”

“글쎄요?”

“18대 1,565년간입니다. 『삼성기』에 적혀 있더군요.”

중국인 친구가 의기양양하게 대신 답하였다.

“18대? 1,565년? 환웅의 아드님이 단군왕검이라 했는데?”

“물론입니다. ‘환웅’이란 말은 배달국의 천황을 뜻하는 존칭인 것입니다. 단군왕검은 마지막 환웅천황의 아드님인 것입니다. 형님”

“그렇구나.”

• • •

“황후마마 만세! 황후마마 만세~!”

황후께서 한 걸음 앞으로 나와 천황과 나란히 섰다. 은은한 빛을 띠는 연옥으로 만든 요대를 둘렀고 그 중앙에는 形而上學的(형이상학적)인 곰(熊(웅))모양의 神物(신물)을 걸고 있다. 허리춤엔 옥검을 지녔다.

“선생님 ‘玉’이란 글자가 왜 ‘王’ 옆에 ‘.’ 점이 붙은 진정한 이유를 오늘에야 알겠습니다. 제왕이 지니는 귀하고 성스런 것이 바로 옥이군요.”

황후는 옥검을 높이 들었다. 환웅천황이 들었던 동검과 똑같은 모양이다.

“백성들이여, 미개하고 우매한 우리 부족을 깨우쳐 환족으로 이끌어주신 환웅께서는 廣大無邊(광대무변)하고 圓融無碍(원융무애)하며 대 광명으로 합치하는 상제님의 도를 실천하셨도다.

나는 감히 환웅천황님을 우주 무한하며, 천지 조화롭고, 광명으로 하나 되는 ‘居發桓(거발환)’으로 받들고자 하나니 백성들도 함께 할지어다.”

“거발환 만세! 만만세! 황후마마 만만세!”

백성들의 환성은 천지산하를 뒤흔들었다. 이어 모든 백성들이 땅에 엎드려 절한다.

• • •

“형님, 이참에 배달국의 역대 천황을 뵈러 가시죠?”

“그래야지, ‘폐하, 조선의 땅 대한민국에서 온 까마득한 현손이 감히 알현을 청하옵니다.’ 이렇게 하면 될까? 허허.”

• • •

초대환웅 거발환께서는 26세에 등극하여 재위 94년이요, 2세 환웅은 ‘거불리’시고 18세에 옹립되어 재위 86년이요, 3세 ‘우야고’ 환웅께서는 36세에 추대되어 재위 99년이다.

4세는 ‘모사라’ 환웅이시니 22세에 추대되어 재위 107년에 129세까지 사셨다.

5세 환웅 ‘태우의’께서는 22세에 등극하여 열두 아들을 두셨고 그 막내아들이 태극, 음양 8괘를 창안하신 ‘태호 복희씨’다. 재위 93년에 천수가 115세였다.

6세는 ‘다의발’ 환웅이시고 12세에 옹립되어 재위 98년이요, 7세 ‘거련’ 환웅께서는 59세에 추대되어 81년간 재위하셨으며, 8세 ‘안부련’ 환웅께서는 21세에 등극하시어 73년간 다스렸다.

9세는 ‘양운’ 환웅이시며 43세에 추대되시어 재위 96년이며,

10세 '갈고' 환웅께서는 일명 '갈태천왕' 또는 '독로한'이라 불리기도 하며 25세에 등극하시어 100년간 통치하셨다.

11세 '거야발' 환웅께서는 57세에 추대되어 92년간 다스리시고, 12세는 '주무신' 환웅이니 18세에 옹립되어 105년간 재위하셨고, 13세 환웅 '사와라' 님께서는 33세에 추대되시어 재위 67년이었다.

14세는 '자오지' 환웅으로 세상에서는 '치우천황'이라 불렸고 45세에 등극하시어 106년간 통치하셨으며, 청구국으로 도읍을 옮겨 국토를 동쪽으로 크게 확장하였으며 '華(화)' 족들이 천둥번개를 주관하는 神異(신이)한 軍神(군신)으로 여겨 절대 두려워하는 환웅이셨다.

15세 '치액특' 환웅은 치우천왕의 후손으로 29세에 추대되어 재위 89년이요, 16세는 '축다리' 환웅이니 43세에 등극하여 재위 56년이었다.

17세 '혁다세' 환웅께서는 25세에 추대되어 72년 재위하셨으며, 18세 '거불단' 혹은 '단웅' 환웅은 단군왕검의 아버지로서 34세에 등극하시어 48년간 재위하셨다.

비록 열여덟 '환웅'의 실존을 확인코자 한순간에 둘러보고 왔지만 꿈을 꾼 느낌이다.

배달국이 실제 있었다니, 단군조선의 일부이거나 단군조선의 또 다른 이름으로만 알았던 배달국이 단군조선보다 1,600여 년이나 앞서 동북아를 비롯한 중원역사의 주인공일 줄이야…….

"형님, 단군조선을 여행하며 잃어버린 2,000년의 역사를 되찾았다고 한다면 이번 배달국 여행은 땅속 깊이 묻혀 신화나 전설마저 없던 역사를 발굴한 느낌입니다."

"역사를 발굴했다? 역사 교사다운 말일세. 그런데 형씨는 표정이 어찌 그러시오?"

"사실 저는 엄청난 충격을 받았습니다. 중국인 우리나라에서 인류 문명 창조의 신으로 숭앙하고 있는 태호 복희씨가 실제 존재하였다는 것과 그분이 우리 華族(화족)이 아니란 사실에 충격을 받았습니다."

"저런, 우리 조상님을 당신의 조상님으로, 그것도 신으로 받들고 있다니, 그건 역사 도둑질입니다."

"허~ 동생 너무 흥분하지 말게, 길에 떨어진 물건이란 줍는 사람이 임자인 법일세. 물론 주인을 찾아 주려는 노력을 안 했다면 그건 강탈이고 도둑질이지, 지금부터라도 잃어버린 사람이 내 것이라고 주장하고 찾아야 하겠지."

"그들이 돌려주기라도 하겠습니까? 현재 자기 땅에 있는 모든 물건은 자기 것이라고 주장하는 사람들인데."

"돌려받지는 못하더라도 원 주인이 누구인가는 밝혀질 수 있겠지. 형씨 또 다른 것도 있어요?"

"있습니다. 치우천황입니다. 내가 배운 바로는 우리 黃帝(황제)에게 잡혀 처참히 죽었다는 蚩尤(치우)라는 반란군의 우두머리가 배달국의 치우천황이었고 거기다 151세까지 천수를 다했다는 겁니다."

"치우천황이 반란군이었다? 정말 대단한 역사 왜곡이구먼, 무슨 근거로 그런 말을 하는 거요."

"사마천의 『사기』에 있습니다만."

"『사기』에? 중국 역사 서술의 표준이 된다는 『사기』에? 이건 왜곡이 아니라 허위 날조된 것 아닌가? 史記(사기)가 아니라 詐欺(사기)(詐欺)이구먼."

내가 한 말에 동생이 거들었다.

"허~형씨, 지금 친우천황이 살던 역사사실을 보시지 않았소? ,형씨, 春秋筆法(춘추필법)을 아시오?"

"물론 압니다. 공자가 노나라 역사를 서술한 '춘추'를 후세 사가들이 역사 서술의 표준으로 삼는다는 것이지요."

"어떻게 서술하는 것이 춘추필법인가요? 형씨?"

"대의명분을 밝혀 역사를 정확히 기록한다는 서술법이란 정도는 알고 있습니다만."

"춘추필법에 무슨 문제가 있는가? 동생."

"있고말고요."

동생은 춘추필법에 대해 상세히 설명하였다.

"유학자들이 금과옥조로 떠받들고 있는 춘추필법은 실은 중국이 천하의 중심이라는 중화주의에 입각한 사관으로서 그 원칙은 크게 3가지입니다.

첫째, 爲國諱恥입니다. '나라를 위해 부끄러운 것은 기록하지 않는다'는 뜻으로 春秋穀梁傳에 나오는 '존귀한 사람을 위해 부끄러운 것은 기록하지 않고~'휘치 (威尊者諱恥~)라는 말에서 유래한 것으로 尊(사람) 대신 國(나라)자로 바꾼 것입니다. 다시 말해서 중국의 영광스런 일은 한껏 부풀려 쓰면서 수치스런 일은 슬쩍 감추는 기법이며 수법인 것이지요.

둘째, 尊華攘夷입니다. 이는 公羊傳에 尊王攘夷, 존 왕 즉 주나라 왕실은 높이고 오랑캐를 물리친다는 말에 근거를 둔 것으로 尊왕을 尊華으로 바꿔 한족의 위상을 높이는 대신 주변 나라는 깎아내리는 것입니다.

셋째, 詳內略外로서, 후한말기 徐幹의 저작 中論에 '공자가 춘추를 지으면서 중국의 것을 상세히 하고 밖의 오랑캐를 간략히 하며~' 孔子之制 '春秋'也 詳內而略外~에서 나온 말입니다. 즉, 그들의 역사는 상세히 서술하지만 이민족 역사는 간략하게 적거나 생략하는 필법인 거죠.

위의 원칙에 의해 역사를 기록하다 보니 많은 사서들이 我田引水격이거나 왜곡, 날조된 것이 많을 수밖에 없습니다. 때문에 그들의 기록들을 다각도로 자세히 관찰하지 않으면 소위 '춘추필법의 수렁'에 빠져 허우적거리게 됩니다. 오죽했으면 중국의 근세 역사학자 梁啓超(양계초)가 '중국의 모든 역사는 중국의 목적을 위한 秋草(추초)의 노릇을 할 뿐이다'라고 했겠습니까?

신채호 선생님도 사마천을 위 세 가지 원칙을 굳게 지킨 완고한 유학자라 했습니다."

"음, 춘추필법의 이면에 그런 것이 있었구먼, 역사 서술에 완벽한 객관성이 있을 수 없겠지만 치우천황 건은 너무했다 싶구먼. 형씨는 어때요?"

"춘추필법에 그러한 뜻이 있다니, 유구무언입니다."

"형님, 바로 확인해 봅시다. 치우천황을 찾아뵙시다."

"그러자꾸나. 사서도 확인하고 치우천황도 다시 만나보세."

> 후일 북한에 정치적 변고가 있을 경우 자신들의 변방 역사의 옛 땅임을 내세워 북한을 점령하는 명분으로 내세울 수 있지 않겠나?

천하 우두머리 치우천황

"형씨, 『사기』를 읽으려면 어디로 가는 게 좋겠소? 이왕이면 원본을 보는 게 좋을 것 같은데."

"그 원본이 어디에 있는지 모르겠습니다만 우리 중국 25<ruby>史<rt>사</rt></ruby>의 첫 사서이면서 표준으로 삼는지라 원본이나 후세 간행본의 내용이 같기 때문에 원본의 의미는 없습니다."

"그건 일리가 있는 말이구먼, 그럼 형씨가 안내해 봐요."

중국인 친구가 안내한 곳은 그가 학생 때 다녔다는 북경대학 도서관이었다. 옛 문헌이나 자료를 별도로 보관하는 서고 중 특별실이다.

'역사와 인간'을 탐구한 사마천의 명저로 불리는 『사기』는 쉽게 찾을 수 있었다. 고서의 특유한 냄새가 풍겼다.

<ruby>本紀<rt>본기</rt></ruby> 12권, <ruby>表<rt>표</rt></ruby> 10권, <ruby>書<rt>서</rt></ruby> 8권, <ruby>世家<rt>세가</rt></ruby> 30권, <ruby>列傳<rt>열전</rt></ruby> 70권 총 130권이다.

"본기 앞부분에 있을 것입니다."

"어찌 그리 잘 아시는가?"

"중국 역사의 시작이 거기서 출발하니까요. 본기는 중국에서 필수 역사과목입니다."

과연 본기 첫 장을 넘기니 「五帝本紀(오제본기)」편에 바로 치우에 대한 대목이 나온다.

「蚩尤作亂(치우작난) 不用帝命(불용제명) 於是(어시) 黃帝(황제) 乃徵師題侯(내징사제후) 與蚩尤(여치우) 戰於涿鹿之野(전어탁록지야) 遂禽殺蚩尤(수금살치우)」

"형씨 읽어 보시죠?"

"치우가 난을 일으키니 황제의 명이 소용없었다. 이에 황제가 군사를 징발하고 제후를 모아 치우와 탁록의 들에서 싸워 마침내 치우를 잡아 죽였다."

"아, 그러고 보니 생각납니다. 학생 시절 동양사를 배울 때 이 대목을 본 것 같습니다. 그때는 '치우'를 도적이나 반란군 우두머리로 배웠는데 그 치우가 배달국의 치우천황이었군요! 지난번 열여덟 환웅님들을 뵈올 때만 해도 깨치지 못했는데……."

"동생도 천황을 반란군으로 배웠나보네, 하기야 교수들도 배달국이라는 나라 자체를 몰랐을 테니까. 그런데 황제라는 사람이 누군가? 내가 알기로는 진시황제가 황제 칭호를 처음 사용한 것으로 아는데."

곧바로 중국인 친구가 대답한다.

"그 황제가 아닙니다. 한자가 다르지요. 시황제의 '황'은 임금皇(황)

이고 여기의 ‘황’은 중앙이나 금을 뜻하는 ‘黃(황)’이며 ‘황제’는 후세에 붙여준 존칭입니다.”

“존칭이라?”

“조선의 단군과 같은 전설적인 인물입니다만 우리 중화민족의 시조라 할 수 있습니다. 그분의 본래 성은 公孫(공손)이고 軒轅(헌원)이란 언덕에서 살았기 때문에 헌원씨라고도 부릅니다.

신화와 전설에 따르면 少典(소전)의 부인 附玉(부옥)이 야외에서 기도를 드리다가 천둥과 번개가 북두칠성을 감싸는 것을 보고 감응을 받아 잉태한 후 24개월 만에 황제를 낳았다고 하지요. 황제는 태어나자마자 남다른 용모를 보였는데, 태양 같은 이마에 눈썹 언저리는 용뼈와 같았다고 하며 몇 달 되지 않아 말을 할 줄 알았다고 합니다.

성장하여 남다른 병법과 통치모략을 지닌 말 그대로 지혜와 용기, 문과 무를 두루 갖추어 훗날 중원 각 부족연맹의 통합 수령이 되었습니다. 또한 수레와 배, 궁실, 문자, 음률, 역법, 관직 등 여러 문명을 발명, 창조한 것으로 전해지고 있습니다.”

그는 중국인이라면 누구나 알고 있는 당연한 사실인 양 또박 또박 진지하게 설명하였다.

“오, 중국의 시조로 떠받들 만하구먼. 그러고 보니 몇 년 전에 중국에 여행했을 때 헌언황제의 조각상이 있는 사당을 본 적이 있어.”

“곳곳에 많이 있지요. 과거엔 전설적인 인물로 묘사되었습니다만 근래 들어 실존 인물로 설명하고 있습니다."

"동생, 우리나라는 단군을 아직도 신화적 인물로 생각하여 단군 상 하나도 제대로 없는데 너무 대조적이구먼, 도대체 역사학자들이 뭘 하고 있나? 우리 역사에 대한 자긍심이 너무 없는 것 같아."

"역사학자들도 문제지만 정부의 인식이나 의지도 문제가 많아요, 몇 년 전 각 학교에 단군 상을 세우려다 특정 종교단체의 우상 건립이라는 반발에 취소한 적 있지 않습니까? 정부가 확고한 인식이나 의지가 없기 때문 아닙니까?"

"맞는 말이야. 그러나 그 종교집단이나 정부당국에 우상이 아니라 역사적 실존 인물임을 인식시킬 수 있는 사람은 결국 역사학자들이 아닐까? 자칭 역사를 연구한다는 학자들이 스스로가 확신을 못하고 있는데 정부인들 의지가 나올까? 다른 나라는 없는 역사도 만드는 판국인데 우리는 있는 역사도 제대로 보듬지 못하고 있잖은가?"

"그렇군요, 지금 보니 보듬기는커녕 빼앗기고 있습니다."

"동생이 환생하여 해보게나."

"그래 볼까요?"

"가만, 그때 헌원 像(상) 좌우에 하나씩 2개의 상이 더 있었는데, 하나는 머리에 뿔 비슷한 것이 있었거든."

"그 사람이 치우천황입니다. 나머지는 농사의 신이고 불의 신인

염제신농씨입니다."

중국인 강씨의 말이다.

"맞았어, 여행가이드가 그렇게 설명한 것 같아. 그런데 어째서 치우천황은 반란군 수 괴라면서 잡아서 죽였다고 했는데 異민족, 그것도 오랑캐라며 멸시하는 동이족의 반란군 우두머리를 함께 모시고 있지?"

"사실 90년 후반부터 갑자기 中華三祖堂(중화삼조당)이라 하여 치우천황도 우리 중화족의 시조로 함께 받들고 있습니다. 수천 년 동안 중화인들이 신묘한 병법의 군신으로 숭앙숭배하고 있으며 오늘날 묘족인 그 후손들이 중국 곳곳에 소수민족을 형성하고 있다 보니, 묘족인 그들도 중화족의 하나이므로 치우천황도 중 화족으로 편입시킨 거라 할까요."

"이 역시 동북공정의 과정인가? 우리 역사가 또 하나 강탈당하였구나! 그런데 치우를 군신으로 숭앙한다고?"

"그렇습니다. 이 책 『封禪書(봉선서)』에도 기록되어 있습니다만 진시황 때 '八神祭(팔신제)'가 있는데 그 팔신 중 하나가 兵主神(병주신), 즉 軍神(군신)이 치우입니다. 치우를 모시는 사당이 곳곳에 있습니다. 한고조 유방을 비롯한 역대 제왕들은 군사를 일으킬 때마다 사당에 제사를 지내는 것이 관례입지요."

"허허, 군신으로 받들어지는 치우천황님이 헌원에게 패하여 죽임을 당했다고?"

"형님, 날조된 역사 현장으로 다시 가 보시죠?"

• • •

치우천황께서 즉위하신 지 수십 년이 지났다. 신시개천 이래 1,000년의 세월이 흐르면서 나라는 부강해지고 백성들은 풍요로웠다.

신시에서 멀지않은 句麗(구려), 홍산 일대에서 질 좋은 구리와 주석이 많이 채굴되어 이를 이용한 청동 주조 기술이 비약적으로 발전하여 농기구를 비롯한 병장기에도 많이 사용되었다.

이즈음 기후의 변화로 점차 추워지자 백성들이 농작물 재배나 가축을 기르는 데 어려움이 많게 되어 천황께서는 날씨가 비교적 따뜻한 서남쪽 황화북쪽으로 진출하여 '靑丘(청구)'라는 임시 도읍지를 정했다.

도읍을 옮긴 후 西土(서토)의 中原(중원)을 경락하고자 했다. 그러나 그 일대는 염제 신농씨의 중화 족이 이미 진출하여 근거지로 삼고 있는 터라 이들과 충돌을 피할 수 없게 되었다.

천황은 군대를 준비하고 葛盧山(갈로산)과 雍狐山(옹호산)의 쇠를 캐어 그 전의 청동제보다 성능이 뛰어난 칼과 芮戈(예과)와 雍狐戟(옹호극) 창을 만들고 방패, 투구 등 개인 방호장비를 대량생산하였다.

특히 한꺼번에 여러 활을 쏠 수 있는 쇠뇌 즉 代奴(대노)를 만들어 별도의 병단을 조직하였다.

뿐만 아니라 씨름 등 병사들의 각개전투기술을 개발하였으며 군사를 움직이는 각종 전법을 개발하고서 마침내 남방으로 출정하였다. 동시에 임시 도읍지였던 산동 반도의 '청구'를 정식 도읍지로 정한 후 이를 근거지로 하여 본격적인 서토경략에 나섰다.

천황께서는 일흔이 넘은 나이이도 불구하고 청동 갑옷에 쇠뿔모양을 한 붉은 쇠 투구를 썼으며 8척의 창검을 표시한 龍虎戟(용호극)을 지참하였다.

천황께서는 신출기묘한 병법과 전법으로 신농씨의 12제후들을 차례로 정벌하였고 마침내 신농씨의 마지막 임금인 유망을 붙잡아 항복을 받았다.

이쯤에 토착세력의 우두머리였던 황제 헌원은 신농씨의 후계자임을 자칭하며 화족들을 규합하여 천황에 대항하였다. 헌원 역시 우두머리답게 수례 위 목상의 손가락이 항상 남쪽을 가리키는 指南車를 발명하여 야간이나 짙은 안개 속에서도 방향을 정할 수 있게 하는 등 지략과 병법이 뛰어나 탁록 일대에서 일진일퇴를 거듭하며 10년간 대항하였다.

청동 갑옷과 투구에 용호극으로 무장한 천황의 위용은 화족들에게 銅頭鐵額(동두철액)이라는 두려움의 대상이 되었다. 특히 쇠뿔모양의 투구 때문에 천황이 나타나면 동두철액 쇠머리(우두머리)가 출현했다며 도망가기 바빴다. 73차례나 치열한 공방 끝에 마침내 헌원은 치우천황에게 사로잡혀 배달국의 제후국으로 충성을 맹세하였다.

• • •

천황께서 151세의 춘추로 붕어하자 도읍지인 청구에 안장하고 애장품 등을 천황께서 경략했던 12제후국 등 각지에 보내 사당과 묘를 만들어 백성들이 추모토록 하였다.

"아!~ 형님, 전투가 저렇게 치열했다니. 영화에서 본 것보다 더 처참하군요. 아직도 전율이 느껴집니다."

"전쟁에는 휴머니즘이 없는 법일세. 영화 속의 전쟁은 오락이고 거기에는 휴머니즘이 삽입되지만 현실의 전쟁에서는 승리가 곧 휴머니즘일세."

"승리가 휴머니즘이라고요? 이긴 자가 정의라는 말은 들어 봤습니다만."

"동생, 죽은 뒤에 휴머니즘이 뭔 소용인가?"

"그러기에 전쟁은 하지 않아야 한다고 하지 않습니까? 그런데도 인류 역사는 끊임없는 전쟁의 연속이었잖습니까?"

"형씨, 전쟁이 왜 일어났다고 생각하시오?"

내가 되물었다.

"그야 인간의 본성 때문이겠지요. 이런 말도 있잖습니까? '만인의 만인에 대한 투쟁.'"

"저는 욕망 때문이라 보는데요, 명예, 부귀영화 등등이요."

"욕망도 인간의 본성 중에 하나입니다. 인간이 존재하는 한 전쟁할 수밖에 없는 겁니다."

"그러고 보니 신령님도 그런 말을 한 것 같아. 모든 것은 인간 스스로가 만든 것이라 했으니 형씨가 말한 것처럼 인간이 존재하는 한 전쟁도 존재할 수밖에 없구먼."

"전쟁의 참화를 겪고서 다시는 전쟁을 하지 말자고 하고는 또다시 전쟁을 하는 우리 인간들이 어리석기 짝이 없습니다. 어쩌면 이게 우리 인간들의 자멸의 길이 아닌지 모르겠습니다."

"걱정하지 말게나, 동생. 그렇게 시행착오를 겪으면서 생존의 길을 찾아 진화되고 있는 걸세."

"어떻게 진화된다는 겁니까?"

"그야 전쟁이 없는 것이 가장 좋겠지만 이왕 전쟁이 났다면 이겨야 생존하는 것이고 자신의 욕망을 채울 수 있는 것이니 이기기 위해 여러 가지 수단과 방법을 강구하는 자체가 진화의 과정이 아닐까?

승리 중에 가장 큰 승리는 싸우지 않고 이기는 것, 즉 부전승일세. 부전승은 그냥 말로만 되는 것이 아니라 상대가 덤벼도 이기지 못할 것이라는 것을 확실히 심어줄 때만 가능하기 때문에 서로 그

능력을 극대화하는 과정에서 불안정하긴 하지만 평화가 있을 것이고 그 평화는 곧 인류의 생존을 보장할 것이 아닌가?"

"무한한 경쟁과 힘의 균형, 끊임없는 긴장 속에서 사는 것이 인간의 어쩔 수 없는 운명이란 말씀이군요. 어쨌든 전쟁이 나면 수단과 방법을 가리지 않고 이겨야 되는 것이고……."

"전쟁을 하지 말자는 약속보다 필요하다면 전쟁도 불사한다는 의지가 평화를 지킬 수 있는 것이라 본다네. 불가침 한다는 약속 뒤에는 불가침을 위한 조건을 달고 있는 자체가 머지않아 전쟁을 하 기 위한 조건이 되는 것일세."

이에 중국인 친구가 끼어들었다.

"인류 역사상 전쟁이 없었던 평화의 시대도 있었답니다."

"원시공동사회를 말하는 거요? 그 시대를 진보된 문명이나 문화를 가진 공동체 사회로 볼 수 있을까?"

중국인 친구의 말에 '원시공동사회'라고 지레짐작하여 말했다.

"글쎄요, 그게 원시공동사회인지를 말하는 것인지는 모르지만, '황금시대(the golden age)'라 하여 그 시기에는 병장기가 전혀 발견되지 않는 걸 보아 전쟁이 없었다고 했습니다. 이때는 인간이 질병과 고통이 없어 수백 살 무병장수하며 살았다 합니다."

"황금의 시대? 수명이 수백 살? 그런 시대는 바로 하늘나라 이곳이 아닌감?"

나는 눈을 휘둥그레 뜨고 물었다.

“음, 그러고 보니 고인돌이나 거석문명을 연구한 피터 마샬이 비슷한 말을 한 것 같습니다만, 형님 그 ‘황금시대’라는 곳도 여행하도록 해보시죠?”

“계획을 세워봄세, 우선 파묻힌 진실부터 확인해 보고.”

“사마천이가 이 시대를 목격했다면 그렇게 왜곡하지는 않았을 테지요.”

“황제 헌원도 가히 화족의 시조에 걸맞은 추앙받을 만한 위대한 영웅호걸임은 틀림없었네만. 아마 사마천은 대대로 추앙받고 있는 헌원의 위대함을 유지하기 위해 치우천황과 헌원의 역할을 바꾸어 기록할 수밖에 없었던 모양이야.”

“잠깐만요.”

중국인 친구가 끼어들었다.

“뭔가요? 형씨?”

“태사공이 그렇게 쓸 수 있었던 단초가 있었습니다.”

“단초라니?”

“헌원 황제가 오리무중의 짙은 안개 속에서 지남거를 이용하여 천황의 포위망을 뚫는 전투에서 천황이 아끼는 치우비라는 장수가 적진에서 전사하고, 헌원황제가 치우비라의 시신을 군영에 걸어놓은 것에 대해 치우천황이 크게 분노한 사실이 있었잖습니까? 천황은 이를 복수하고자 마지막 전투에서 신무기인 飛石迫擊機(비석박격기)를 만들어 헌원의 요새를 공격하여 마침내 헌원황제의 항복을 받았잖습니까?"

"오호! 치우비와 치우를 착각했다 이 말이구먼."

"아니 착각이 아니라 날조의 빌미를 찾은 것이겠지요."

"결과적으로 억지 춘향 격으로 화족의 자존심을 살리려고 역사를 왜곡, 날조하였군요. 그래도 팔신 중의 兵主神(병주신)으로 기록한 것을 보니 너, 나(彼我(피아)')를 불문하고 치우천황이 모든 종족으로부터 군신으로 추앙받는 사실에 대해서는 왜곡할 수 없었던 모양입니다."

"그게 역사를 왜곡했다는 것을 간접적으로 시인하는 셈이지. 역사를 기록하는 史官(사관)으로서의 마지막 양심이었을까?"

"사관으로서의 양심? 글쎄요, 무심결에 기록한 실수일 수도 있겠지요. 형씨는 어떻게 생각하시오?"

"모르겠습니다. 그러나 내가 태사공 사마천이라 해도 그렇게 기록할 수밖에 없을 것 같습니다."

"허허, '역사는 승자의 기록일 뿐이다' 이 말씀이구먼……. 그런데 동생, 우리나라에는 치우천황을 기리는 사당이나 행사 같은 것 없었나?"

"제가 알기에는 없는 것 같습니다만, 일전에 학생들을 데리고 용산 전쟁박물관을 관람했는데 거기서 치우천황님의 흔적을 발견할 수 있었습니다. 물론 그때도 배달국 천황님이라고 생각지 못했습니다만."

"그래? 그게 뭐였지?"

"조선시대에는 임금의 가마나 군대의 대장 앞에 세우는 기가 있는데 이를 纛(독)이라 했습니다. 군신 치우천황님을 상징하는 깃발이라 했습니다. 그 모양이 鬼面瓦(귀면와)의 귀신형상이고 소의 꼬리나 붉은 비단으로 만들어 일명 大早旗(대조기)라 했습니다. 전쟁의 승리를 기원하기 위해 출정에 앞서 반드시 깃발에 제사를 지내는데 이를 '둑제'라 했으며 각 지방에 둑소를 두어 평시에는 국가의 연중행사로 제사를 지냈다 합니다."

"그러고 보니 생각나는 게 있어. 난중일기에 충무공께서 세 차례의 둑제를 거행한 기록이 있었어. 그게 바로 치우천황을 기리는 행사였구먼."

"맞아요, 또 있습니다. 궁궐에 가면 출입구나 다리 등에 잡귀가 근접하지 못하도록 귀면 상을 조각해 놓은 것이 있는데 그것이 바로 치우천황님을 형상한 것입니다. 귀면와의 그 모습 자체가 바로 치우천황님이었던 셈입니다."

"음~ 지붕에 귀면와를 장식한 이유가 잡귀를 쫓는다는 것인데 귀신도 무서워하는 것이 바로 치우천황님이셨구먼."

"선생님, '붉은 악마'도 있잖습니까? 대한민국 짜잔 짠~ 하던 거…….”

“붉은 악마?”

동생과 나는 거의 동시에 감전되듯 되물었다. 이어 동생이 말한다.

“맞습니다. ‘붉은 악마’의 상징이 치우천황님이었습니다. 깃발이나 현수막에 치우천황님의 형상을 그리고 있습니다.”

“나는 그게 치우천황님인 줄 몰랐네. 무섭기는커녕 웃음이 지어지는 귀여운 느낌마저 들어 ‘귀여운 악마’라 혼자 명명했지만.”

“귀여운 악마, 재미있는 표현입니다. 우리 조상들이 사자나 호랑이 등 무서운 동물을 그림이나 조각으로 표현할 때 천진난만한 모습이거나 해학적인 모습으로 표현하는 경우가 많습니다. 아무리 무서운 동물일지라도 인간과 쉽게 어울릴 수 있음을 은유적으로 말해 주는 우리 조상님들의 여유로움의 기법이 아니겠습니까? 악마라고 해서 반드시 무서운 표정을 지어야 한다는 법은 없으니까요.”

“2002년 월드컵 때 정말 대단했잖습니까? 저는 그걸 보고 얼마나 놀랐는지 모릅니다. 수십만의 일사불란한 응원 모습과 하늘이 놀라 뒤흔들릴 함성 등에 엄청난 감명을 받았습니다.”

“그랬지. 세계 응원역사를 다시 쓰게 했었지. 그런데 동생, 왜 하필이면 ‘붉은 악마’라 했지? ‘붉은’은 이해 가지만 치우천황님이 ‘악마’는 아니지 않는가? 적에게는 악마일지 모르지만 우리 스스로가 악마라 칭한다는 것은 잘못된 것 같아.”

"듣고 보니 그렇습니다. 1983년 멕시코 세계 청소년축구대회에서 4강 신화를 이룩해 세계를 놀라게 했던 우리 청소년 대표 팀을 현지 언론에서 '붉은 악령(Red Furies)'이라고 부른 데서 유래했다지만, 아무래도 악마와 치우천황님과는 격이 맞지 않습니다."

"적에게 공포감을 느끼게 하자는 의미에서 '악마'도 괜찮을 것 같은데요."

"흐흐, 사마천은 치우천황이 '악마'같이 두려웠었나 봅니다."

동생이 빈정거리듯 말했다.

> 쇠뿔모양의 투구 때문에 천황이 나타나면 동두철액 쇠머리(우두머리)가 출현했다며 도망가기 바빴다.

호동왕자, 낙랑공주는~

치우천황 이후 배달국은 중원의 강국으로서 화족의 12제후국을 거느리며 태평성대를 이루었다.

천황이 만든 쇠뇌와 대궁은 그 위력이 대단하여 주변의 부족들은 배달족을 큰활을 가진 동방사람들이라는 뜻으로 ‘夷(이)’라고 불렀다.

“동생, 큰 활을 가진 사람이라는 ‘이’ 자가 언제부터 오랑캐 ‘이’ 자로 바뀐 거지?”

“공자의 춘추에서 북방의 오랑캐라는 뜻의 戎狄(융적)에 대비하여 동이라고 쓴 것에서 유래됐다고 볼 수 있습니다.”

“아니 공자님도 동이족 후손이라고 들었는데…….”

“그런 말이 있습니다만, 당시는 중화 족이 나름대로 기세를 떨치던 시기였던지라 자신들과 자웅을 겨루는 동이족을 폄하하고 싶었던 것이죠. 사실 한자 자전의 원조라 할 『설문해자』에 보면 ‘夷(이)’는 ‘평안함’이며, 큰 ‘大(대)’와 활 ‘弓(궁)’을 합한 자로 동방 인을 말 한다(夷(이) 平野(평야) 从〈종〉大(대)从〈종〉弓(궁) 東方之人也(동방지인야))고 하였지요.”

“맞을 겁니다. 후한시대 許愼(허신)이 지은 책인데 한자 유래를 찾기 위해서는 반드시 보는 자전인 것입니다.”

중국인 친구가 부연하였다.

“호~, 東夷(동이)라는 말이 나쁜 뜻이 아니었네, 단순히 동방 인을 뜻하는 것이 아니라 평화롭거나 평안한 동방 인이란 뜻이 있구먼. 이 좋은 말을 그렇게 왜곡시키다니, 아마도 그 이면에는 대대로 내려오는 동이족으로부터 받은 열등의식을 보상받고자 하는 심리적 기저에서 나온 것일 수도 있네. 공자님도 이로써 은연 중 화족임을 인증 받으셨고.”

“형님, 문제는 우리 스스로가 변방의 오랑캐로 받아들여 卑下(비하)하고 自虐(자학)하는 것입니다. 모화사상에 빠진 유학자들은 공자님의 말씀을 부정할 수는 없어, 오랑캐라도 西戎(서융), 南蠻(남만), 北狄(북적) 등 여느 오랑캐와는 다름을 보이기 위해 소 중화주의를 내세우며 작은 중국이라고까지 주장하였습니다.”

“소 중화주의라…… 생존을 위한 수단으로써의 사대가 아니고?”

“사대라 함은 작은 나라가 큰 나라를 섬긴다는 것인데 모화사상은 화족 이외는 아무리 큰 나라일지라도 오랑캐로 여기는 것입니다. 그 대표적인 것이 바로 明(명), 淸(청) 교체기에 나타났지요. 급기야 뼛속까지 스며든 모화사상은 멸망한 명나라에 대한 미련을 버리지 못하고 심지어 스스로 명나라를 대신한 작은 중국임을 자처하며 같은 동이족인 청나라와 대적하며 滅淸復明(멸청복명)을 주창하기도 했습니다."

"그럼 '북벌계획'도?"

"물론 효종대왕의 북벌은 복수심이나 적개심의 차원에서 볼 수 있으나 골수 유학자들에게는 소중화주의의 발현이라고 생각하는 것입니다."

"우리 중국에서도 중화주의와 비 중화주의와의 내면적 갈등이 많이 있습니다. 사실 우리 중국의 5,000년 역사 이래 華族(화족), 즉 漢(한)족이 중국을 지배한 역사는 불과 몇 백 년입니다. 나머지는 중 화족이 아닌 소위 오랑캐 족들이 지배하였음에도 중화주의는 쉼 없이 강조되고 있습니다. 오늘날에는 '하나의 중국' 및 '대국'을 의미하고 있습니다. 중국에 사는 소수 민족도 모두 중화 족에 포함시키는 것입니다."

"그게 '중화패권주의'인 거죠. 형씨는 한족이요?"

"저도 한족은 아닙니다만 한족으로 행세하고 싶었지요."

"허허, 형씨도 중화주의 홍보대사 이구먼, 어쨌든 우리 동이족이 당신네들이 말하는 오랑캐가 아니라 위대한 민족의 지칭이었음을 알게 되어 기쁘구먼."

'우리에게 이처럼 영광되고 찬란한 역사가 있었음에도 모르고 있었다니... 자랑스럽다. 하지만 영광스런 이 역사가 묻혀 있었다니, 아니 침탈당한 것이다. 억울하고 분하다. 아니지 빼앗긴 이유가 결국은 우리에게 있는 것이다. 빼앗아 간 그들만을 탓할 게 아니라 영광스런 역사를 지키지 못한 못난 후손…… 그래도 수많은 민족이 명멸하였으나 반만 년 이상 생존했을 뿐 아니라 인류발전에 큰 역할을 하고 있는 것에 자부심을 가져야겠지…….' 내 스스로 생각해본 것이다.

"형님, 어느 학자가 쓴 일 '事(사)'의 '사'가 아닌 역사의 '史(사)'인 史必歸正(사필귀정)이란 말이 생각납니다.(事必歸正(사필귀정)→史必歸正(사필귀정)) 이 순간에 딱 맞는 말입니다."

한순간 五萬(오만) 생각에 잠겨 있던 나는 동생의 말에 흠칫했다. 동생이 내 뜻을 알았을까?

"그렇지, 史(사)필귀정! 맞는 말이야. 형씨는 어때요?"

"진실은 분명히 가려지는데 가까운 시간에 가려지는 것인가, 먼 훗날에 가려지는 것인가의 차이겠지요. 장구한 세월의 史필귀정입니다."

"그 말이 맞구먼, 장구한 세월의 史(사)필귀정. 그렇다고 포기할 수 없는 거지. 그럴수록 한 시라도 빨리 찾아야 할 테지, 어디로 가볼까?"

• • •

배달국 신 도읍지는 온화한 기후와 광활한 대지 덕분에 날로 번창하여 한동안 배달국의 국명을 도읍지인 이름인 靑丘라 불릴 정도였다.

“형님 저기를 보십시오. 얼마나 평화롭습니까?”

따사로운 봄볕에 들판은 초록으로 물들었다. 냇물이 졸졸 흐른다. 피라미, 송사리가 휘젓고 다니며 한가롭다. 아낙들이 봄나물 캐고 있다. 주변엔 어린이들이 꽃가지를 꺾으며 장난질에 바쁘다. 저 멀리에서는 선남선녀 한 쌍이 경주하듯 말을 달리며 사랑의 대화를 주고받는다.

‘나도 이 시대에 살았다면 저렇게 말을 타고 달렸을 테지. 나와 함께 말 달릴 여인은 누구였을까? 그렇다. 한 여인에게 달려가고 싶다. 그녀를 만나고자 천년의 세월을 기다렸음이다.’

“동생, 낙랑공주를 보러감세.”

“낙랑공주요? 어느 낙랑공주입니까?”

“그야 호동왕자를 사랑한 낙랑공주지.”

“낙랑이라 함은 한나라 무제가 설치한 한사군의 낙랑군을 말하는 겁니까?”

“에이 형씨, 국가도 아닌 낙랑군에 무슨 공주가 있습니까? 낙랑국의 공주이지요?”

“그래요? 낙랑국이라는 나라가 별도로 있었다는 겁니까? 나는 한사군의 낙랑군만 들어 봤는데.”

“동생, 나도 그게 좀 헷갈려. 낙랑공주가 낙랑태수 최리의 딸이라고 배웠거든. 그리고 낙랑군을 고구려 15대 미천왕이 멸망시켰다는데 호동왕자는 그보다 300년 정도 앞선 3대 대무신왕의 왕자이던데?"

"사실 그 부분에 대해서는 저도 헷갈립니다. 한 가지 분명한 것은 낙랑 국이 별도로 있었다는 겁니다. 다만 그 위치가 어디인가가 문제입니다. 『삼국사기』에 고구려의 남쪽에 위치한 것으로 나왔으니 평안도 일대일 수도 있습니다."

"그럼 낙랑군은?"

"그야 지금 조선의 평양부근 아닙니까? 조선 역사교과서에도 그렇게 나온 것으로 아는데."

중국인이 가들었다.

"낙랑국과 낙랑군이 같은 지역에 있다는 거야? 거참 낙랑 국이 낙랑군으로 바뀐 건가. 아님 낙랑군이 낙랑 국으로 변한 건가?"

"우선 호동왕자가 등장하는 낙랑 국부터 가보시죠? 호동왕자가 낙랑 왕 최리와 처음 만난 장소로 가봅시다."

• • •

춘삼월이 지나고 만화방창 봄이 절정에 이른 어느 날, 호동왕자가 호위무사들과 함께 사냥을 즐기고 있다.

"오, 저 청년이 호동왕자일세, 어찌 저리 잘 생겼을까? 꽃미남이야. 게다가 늠름하고. 여기가 어딘가?"

"『삼국사기』에 의하면 고구려와 낙랑국과 인접한 옥저라는 나라일 겁니다."

때마침 낙랑왕도 그 일대에서 사냥을 즐기던 중이었다.

"그러면 낙랑 국이 어디서 어떻게 세워진 것인지 먼저 보세나."

단군조선의 말기. 제44세 구물단군이 국호를 '대부여'로 바꾸면서 중앙의 진한, 서부의 번한, 남부의 마한이던 3한관경제에서 자체 군사권을 갖도록 한 辰朝鮮(진조선), 番(번)조선, 幕(막)조선의 3조선 분조체제로 전환하였다.

그중 번조선의 마지막 왕 준왕이 연의 망명객 위만에 의해 정권을 탈취 당하였다. 기자의 후예로 일명 기자조선이라 말하는 번 조선은 75대에 이르러 정권교체가 된 셈이다.

大扶餘(대부여)의 단군을 겸하는 진 조선에서는 위만의 정권을 인정하고 번조선왕으로 봉할 수밖에 없었다.

위만조선이 성립하자 준왕을 비롯한 번조선 유민들은 대량으로 바다를 건너 幕(막) 조선의 한반도로 이주하였다. 당시 막 조선 역시 마한 전 지역을 관장할 수 있는 통치력이 약화되어 있던 터라 유민들은 여러 지역에서 독자적인 세력을 형성하였다. 특히 준왕이 이끄는 유민들은 옛 삼한관경제의 부활을 꿈꾸며 한반도 익산지역을 주 근거지로 하여 마한, 진한, 변한을 건국하였으니 소위 말하는 남 삼한이다.

또 다른 무리들은 그들의 옛 고향의 이름을 따서 나라를 건국하였으니 낙랑 홀의 토호 최숭이 세운 낙랑이 그중 하나다. 서해를 끼고서 대동강 유역 일대에 자리 잡은 낙랑은 바닷길은 통해 많은 나라들과 교역을 하면서 주변의 소국들을 병합하며 강원도 함경도 일원까지 확대하여 150년 이상 번창하였다.

이쯤에 대 부여에서 북부여로 승계되었고 그리고 북부여의 적통을 계승한 신흥 고구려가 옛 단군조선의 영토를 회복한다는 ‘多勿(다물)’을 표방하며 급속한 팽창으로 주변 국가들이 위기의식을 갖게 된다.

"낙랑 국이 고구려보다 훨씬 먼저 생겼네?"

"그렇군요."

"그러면 한사군의 낙랑군은 어디에 있지?"

중국인 친구가 중얼거리듯 말했다.

"동생, 이왕 내친 김에 낙랑군도 찾아보세."

"낙랑군을 찾자면 한사군부터 짚고 봐야겠죠?"

"한사군은 한나라의 무제가 조선을 정벌하고 세운 것이니 한 무제의 조선정벌 과정을 살펴보면 될 겁니다."

"형씨, 보다시피 조선은 대부여, 북부여로 이어지면서 고구려에 이르고 있는데 조선정벌이란 말은 당치않소."

"나도 그 점이 이상합니다만 분명 『사기』 등 역사에는 그렇게 기록이 되었습니다. 조선의 마지막 왕 우거가 항복했고 그 자리에 한사군을 설치했다고 했습니다."

"나도 그렇게 배웠습니다만 보다시피 사실이 아니지 않습니까?"

"잠깐, 우거왕이 위만조선의 마지막 왕이므로 한 무제는 조선의 분권국인 위만조선을 침략한 것이구먼. 지방정권을 정벌하고서 조선을 정벌했다는 식으로 또 하나의 왜곡, 날조된 기록인가 보군. 암튼 현장으로 가보세."

• • •

위만은 정권을 장악 후, 진번, 임둔 등 진조선과도 영역 다툼을 벌였고 서북쪽으로 세력을 확장하여 한나라의 동북경계선과 마주하였다.

동이족과의 중원쟁탈을 벌이던 한족은 漢나라에 의해 통일제국을 형성하였으나 북방의 동이족계열의 흉노제국으로부터 끊임없는 침략과 도전을 받았다.

심지어 전쟁에서의 대 참패로 나라의 존폐마저 위기에 처해 흉노에게 매년 수많은 재물과 황실의 연인까지 바쳐야 하는 굴욕의 역사도 있었다.

"흉노왕 單于에게 강제로 시집가는 왕소군의 모습이 애처롭습니다."

"전쟁에 지면 연인들이 가장 먼저 희생당하는 법일세.

흉노라는 나라는 야만 부족으로만 생각했는데 시베리아, 서역에 이르기까지 대 제국을 건설하였구먼. 대단한 나라였어."

"그러기에 조선처럼 선우라는 왕을 중심으로 좌현 왕, 우현 왕 체제로 통치한 것이지요. 흉노가 한나라를 좌지우지했다는 것이 대단한 업적입니다."

"흉노에게 왕소군을 바쳤다니, 우리가 알고 있는 왕소군과는 많이 다르군요. 그저 교린관계로 왕소군이 선우와 결혼한 것으로 알았는데... 흉노가 대단한 나라였군요..."

강씨의 말에 두 사람은 눈만 껌뻑이었다.

하지만 무제에 이르러 흉노와 가깝게 지내는 조선과 교린정책으로 흉노와의 관계를 소원케 한 후, 흉노의 오른팔인 서역의 흉노 左賢(좌현)왕을 정벌하였다. 이어 동방으로 눈을 돌려 흉노의 동맹국 위만조선을 공략하여 흉노로부터의 항구적 위협을 차단하고 중원의 안정을 도모코자 했다.

BC 109년 가을. 전쟁준비를 끝낸 한 무제는 마침내 수륙양군을 동원하여 위만조선을 침략하였다. 감옥의 죄수들까지 동원할 정도로 심혈을 기울였다.

무제는 좌 장군 순체에게 5만의 군사를 주어 요동의 육로로, 누선장군 양복에게 7천의 수군을 주어 발해 쪽 바닷길로 위만조선의 수도 王險城(왕험성)을 공격토록 하였다.

그러나 위만조선의 우거왕은 그들의 공격을 잘 막아내었다.

"형씨, 이곳 왕험성이 한반도의 평양이 아닌 것은 분명하지요?"

"분명합니다. 요즘에는 백석산이라 합니다만 우뚝 솟은 갈석산이며 이곳에서 시작한 장성과 남쪽 발해만으로 흐르는 저 강(패수) 끝은 오늘날의 노룡 현이며 여기서 멀지 않은 곳이 북경입니다."

중국인의 맥이 없는 답변이었다.

우거왕이 쉽게 무너지지 않자 한나라 수륙양군에서는 자중지란이 일어나고 급기야 패색이 짙어졌다. 이에 무제는 두 장군을 문책

하고 특사 '衛山(위산)'을 파견하여 우거왕과 평화협상을 시도하였다. 그러나 그 평화협상이 실패하자 무제는 특사로서의 책임을 다하지 못한 위산을 처형하고 이어 제남태수 '공손수'에게 전권을 위임하여 사태를 해결토록 하였다.

공손수는 알력이 심한 '양복'과 '순체'를 화해시키고자 했으나 실패하였다. 오히려 육군의 순체의 꼬임에 속아 양복을 체포하고는 순체에게 수륙양군을 통솔하여 답보상태인 전쟁을 하루 빨리 종식토록 하였다.

하지만 우거의 저항이 워낙 강한지라 순체는 왕험성을 점령하지 못하였을 뿐 아니라 북방의 흉노로부터 새로운 위협에 직면하자 무제는 공손수 마저 소환하여 처형하였다.

한편 위만조선에서도 한나라와의 오랜 전쟁으로 정권 내부에서는 和戰(화전) 양파의 분열이 생겼다.

한의 무제에 매수된 위만조선의 尼谿相(니계상) 參(삼)에 의해 우거왕이 살해되고 우거왕 대신 '성사' 장군이 항전하였으나, 우거왕 아들 '장강'이 항복하여 위만조선은 손자 대에 이르러 멸망한다.

"결국 위만조선도 내분에 의해 망했구먼. 그 내분도 무제의 음모공작의 결과이긴 하지만. 하기 사 음모든 뭐든 전쟁에서 이기는 것이 중요하니까... "

"진조선인 대부여가 적극 도와주지 못한 것도 한 원인이 되겠습니다."

"자국의 이익을 위해 같은 조선국이면서 전쟁도 불사하던 各自圖生(각자도생)의 3조선체제의 한계점이라 할 수 있겠지……."

• • •

무제는 위만조선의 관할 지역에 사군을 설치하고자 했으나 북부여의 시조 고두막한의 강력한 저항으로 허울뿐인 행정구역상의 사군을 공포하고 군대를 철수하였다.

"낙랑군이라는 말도 낙랑 국 시조 최숭의 고향인 '낙랑 홀'에서 연유하였구먼."

"그뿐인가요. 임둔, 진번, 현토 역시 번조선의 제후국이었잖습니까? 이름이 좋아 한나라의 관할 군현이라 하지만 실제적으로는 조선인에 의한 독자적인 제후국이라 해도 과언이 아닙니다."

"허허, 그게 군대에서 말하는 지도에만 있는 나라 圖上國(도상국)인 셈이구먼."

• • •

종전 후 무제는 논공행상을 하면서 양복장군을 모함했던 순체를 패전의 책임을 물어 棄市刑(기시형)(저자에서 형을 집행하여 여러 사람들에게 보여주는 것으로 斬刑(참형)이나 絞刑(교형)으로 집행됨)에 처하고 양복은 서인으로 강등하였다.

반면에 우거의 신하였던 재상 한음과 장군 왕협, 삼 그리고 아들 장강은 각각 제후로 분봉하였다.

"한의 무제는 명목상의 승리일 뿐 사실은 참패한 전쟁이었습니다. 전쟁에 이겨 개선장군이어야 할 장군들이 왜 처벌을 받았는지 궁금했는데, 알고 보니 패장이었군요. 또한 직접 종군한 태사공(사마천)이 滅 조선 또는 征 조선이 아니라 '定朝鮮爲四君(조선을 안정시키다. 의미)'이란 기록을 한 이유가 바로 이것 때문인 것 같습니다."

"형씨 제대로 보셨네. 그리고 사마천은 사군 설치가 조선족과 북부여의 동명왕 고두막한의 저항으로 유명무실한 것을 알기에 사군의 세부 명칭도 기록하지 않았던 것입니다."

"일리가 있는 말입니다."

중국인 강씨의 말이다.

"'조선을 안정시키고 사군을 설치했다(定朝鮮爲四君)!' 허- '征'이나 '滅'을 쓰지 못하고 평정했다는 定이란 말을 사용한 사마천의 심정은 얼마나 괴로웠을꼬? 게다가 途上國을 설치하였다니... 어쨌거나 낙랑국과 낙랑군이 완전 별개라는 것은 확인한 셈인데 이곳 중국 땅에 있는 한사군이 어찌하여 조선에 있는 것으로 배웠지?"

"우리 역사책에도 반도조선의 평양 부근이 낙랑군으로 표시되고 언제부터였는지 長城(만리장성)의 동쪽 기점이 갈석산 이었던 것이 조선반도의 평양이 장성의 동쪽 기점으로 변경 표기되어 있습니다."

중국인 강 씨가 난감한 표정을 하며 설명을 해보라는 듯이 우리를 쳐다보았다.

"누워서 침 뱉기 같습니다만, 중화주의 및 식민사관에 물든 유학자들과 식민사학자들의 탓이지요. 무엇보다 일본의 식민사관을 그대로 傳受(전수)한 이병도 박사와 그 후학들이 일본의 주장을 그대로 답습하고 있다 보니……."

"그게 어떤 것이기에 우리 역사를 우리 스스로가 그토록 왜곡하고 있단 말인가?"

"우선 '기자조선과 위만조선'에 대한 왜곡입니다. 보다시피 기자조선, 위만조선은 고조선의 삼한관경제에 이은 삼조선체제의 분조인 번조선의 정권의 일부입니다만, 후세의 우리 유학자들이 이를 고조선의 전부로 착각 또는 혼돈하고 있었다는 겁입니다. 이는 물론 중국 측 사가들이 의도적으로 애매모호하게 기록하거나 왜곡한 결과이기도 합니다."

• • •

"우리 중국에서 어떻게 기록했다는 것입니까?"

"형씨, 중국사서에서는 '조선'이라는 나라를 의도적으로 부정하거나 폄하하고자 한 것은 형씨도 잘 알고 있잖소, '환웅의 배달국' 이나 '단군조선' 등은 직접 언급을 하지 않은 채 여러 가지의 별칭으로 표현한 것은 형씨도 알 것이요. 東夷(동이)는 제쳐두고라도 '九夷(구이)', '夷穢(이예)', '貊(맥)', '濊貊(예맥)', '山戎(산융)', '東胡(동호)' 등 더럽거나 사나운 짐승이나 오랑캐를 뜻하는 말로 비하하여 표기하였지요. 우리가 지켜보았던 번조선도 '發(발)조선'이라 표현하면서 의도적으로 배달국, 단군조선을 외면하거나 격하시키고자 한 것입니다.

이는 중화족보다 우수한 민족이나 나라가 있어서는 안 되기에 고의적으로 그렇게 한 것 아닌가요?"

중국인 친구는 아무런 대꾸 없이 고개를 약하게 끄덕이며 생각에 잠기 듯 한다.

"예맥이란 말도 그런 뜻이었나? 요즘도 자주 쓰는 말이기에 나는 좋은 뜻인 줄 알았는데……."

"그것만이 아닙니다. 우리 눈으로 봤다시피 상나라 제후국 箕(기)국의 제후인 '기자'가 조선의 제후국인 고죽국에 귀화하여 왕이 되고 그 후예가 번조선 후기의 왕이 된 것입니다. 단군조선에 조공까지 바치던 주나라가 기자를 조선의 왕으로 임명 封箕子於朝鮮(봉기자어조선))한 것처럼 하여 소위 기자조선을 운운하더니 나중엔 위만조선으로 둔갑시킨 것 아닙니까?"

"하긴 '조선왕에 봉했다' 해놓고 '신하는 아니었다(而不臣也(이불신야))' 기록도 있어 좀 의아했습니다만……."

"그건 사마천 스스로가 기자조선이 없음을 간접적으로 인정한 것이고, 진 조선에서 부 단군격인 번 조선의 왕으로 봉한 것을 도용한 것이구먼."

중국인 친구의 앞선 말에 내가 부연해 보았다.

"그런데 더 기가 막힌 것은 우리나라의 유학자들이 기자를 시조처럼 받들면서 箕子(기자)가 詩(시)· 書(서)· 藝(예)· 藥(악) 등을 가르쳐 중국의 문물과 삼강오륜을 깨우치게 한 성현으로 숭상한 것입니다.

성현이 다스리던 그 조선은 대륙에 있던 조선이 아니라 한반도 평양일대에 있었다는 것입니다. '기자동래설' 운운하면서 말입니다."

"기자동래설? 그렇지. 나도 학생 시절에 들어본 말이야. 그렇지만 그것은 학계에서도 부정한다던데?"

"맞습니다. 이병도 박사는 그게 韓(한)씨 조선일 것이라 했습니다만, 그것도 보다시피 잘못된 것 아닙니까? 준왕이 위만을 피해 한반도로 이주하여 남 삼한을 건국하였는데 그때 한 씨라는 성씨가 생겼다 해서 그런 주장을 한 것 같습니다만 기자조선이나 기자동래설과는 시대적으로 앞뒤가 맞지 않다는 것을 알 수 있잖습니까?"

"그렇구먼, 유학자들은 기자를 정통조선의 시조로 받든 것이고 이병도 박사는 망명 온 준왕의 후손을 말한 것이었네. 혹시 청주 한 씨가 그들 후손인가?"

"그건 잘 모르겠습니다만, 어떻든 기자조선이나 동래설의 부정이 일본식민사학자들이 위만조선을 정통 단군조선으로 둔갑시키고자 한 음모과정에서 나온 것임을 알 수 있습니다.

유학자들은 기자를 한반도로 끌어들이면서 소중화주의, 즉 작은 중국임을 자칭하며 허구의 기자묘까지 만들며 사대주의 또는 모화사상에 빠져들었고, 반만 년의 우리 역사를 일본 역사보다 짧게 만들고자 3,000년을 잘라 버리려는 일본의 皇道(황도)주의 식민사학자들의 음모에 우리 사학자들이 동조하고 답습한 결과 오늘에 이르고 있는 것입니다."

"동생, 반만 년이란 단군조선만을 말한 것이고 배달조선을 합하면 7,000년일세."

"아이고 그렇네요. 나 역시 아직 반도사관에서 벗어나지 못한 것 같습니다. 크~"

"그러면 형씨, 한사군이 한반도에 존재했다는 것도 일본사람들이 조작한 것입니까?"

말없이 듣고만 있던 중국인 강 씨가 물었다.

"물론이지요. 그 대표적인 것인 낙랑과 관련한 유물조작 사건입니다. 일제 官(관)학자 이마니시류는 우리나라 역사가 중국의 식민지에서 출발했다는 것으로 만들고자 대동강 평양 일대를 한사군으로 설정하고는 사방이 탁 트인 허허벌판에서 2,000여 년간 눈에 띄지 않던 秥蟬縣(점제현) 神祠碑(신사비)를 느닷없이 발견하였다며 『한서』 「지리지」에 나오는 낙랑군의 점제현이 그 자리라며 한사군의 한반도 위치 설을 입증하려고 했습니다.

이에 단재 신채호 선생은 '귀신도 못하는 땅 뜨는 재주를 부렸다'고 했습니다. 그런데 1995년에 그 비석의 기초 부분이 시멘트임이 밝혀졌고 돌의 성분이 중국 요동지역에서 나오는 것이 밝혀져 날조한 것이 드러난 거지요.

또 있어요. 평양 부근에서 한나라 시대의 기와와 문서를 보낼 때 봉인하는 封泥를 무더기로 발굴했다고 했는데 그 봉니에 '樂浪(낙랑)'이라는 글자가 새겨졌다 하여 그곳이 낙랑이라고 하였습니다만, 아시다시피 봉인이란 것은 문서를 중간에 개봉 못하게 하거나 위조를 방지하기 위해 만든 일종의 보안장치인데 문서를 받은 곳에서 발견되는 것이 상식 아닙니까?

보내는 곳에서 봉인을 하고는 보내지 못한 문서가 한꺼번에 200여 개나 발견된다는 것은 누가 봐도 웃을 일이지요. 게다가 그곳에는 다른 군이나 국가에서 들어온 봉니가 하나도 발견되지 않았다는 것은 무엇을 의미하는 것이겠습니까?"

그 말을 듣는 순간 나는 크게 웃음이 나왔다.

"하하하, 일본이 역사유물 조작에는 역시 일가견이 있구먼. 내가 몇 년 전에 TV에서 본 적이 있는데, 1982년 경기도 연천군 전곡

리에서 구석기 유물이 발견되어 우리나라가 적어도 27만 년 전부터 인류의 활동 무대가 되었음을 입증시킨 적이 있었는데 한반도의 구석기시대를 부인하던 일본이 자존심이 상했던 모양이야. 왜냐하면 그들은 4만 년 전의 구석기 유물이 유일했거든. 27만 년 전의 유물임이 공증되자 한반도에서 발견되었다면 일본에도 발견되어야 한다는 강박관념 탓이었는지 도후쿠의 '구석기문화연구소'에서는 20만 년 전, 40만 년 전, 50만 년 전, 70만 년 전의 구석기 유적을 발굴했다고 잇달아 발표한 적이 있었어."

"뭔가 냄새가 좀 납니다."

중국인 강씨가 귀를 쫑긋했다.

"그렇지! 그런데 2,000년 11월 초, 유적 발굴 현장에서 고고학자인 연구소 부이사장 후지무라가 가짜 석기를 파묻는 장면이 마이니찌 신문에 의해 폭로되고, 이를 계기로 후지무라가 발굴한 모든 구석기 유적이 조작되었음이 만천하에 공개된 적이 있었어. 이 때문에 70만 년 전까지 올라갔던 일본의 구석기 연대는 모두 사실이 아님이 밝혀져 일본 고고학계는 세계적인 망신을 당했다고 하더군."

"어찌 그런 조작을 할 수 있단 말입니까?"

"강형, 점제현 신사비나 봉니를 날조한 그들인데 그건들 못하겠소? 날조나 조작뿐만 아니라 자신들의 주장에 불리한 자료가 있으면 아예 없애버리기도 합니다."

"없애다니?"

"형님, 고조선 등 우리나라 상고사에 대한 기록으로서 가장 오래된 책이 『삼국유사』밖에 없습니다. 고려시대 이전 신라, 백제, 고구려 등에서도 역사책을 편찬했다는 기록이 있고 우리가 경험했던 배달국이나 단군조선에서도 역사책을 만들었습니다. 『삼국유사』나 『삼국사기』에도 古記(고기)를 인용 참고했음을 밝히고 있는데, 그 많은 자료들이 다 어디 갔을까요?"

"그야 숱한 전란에 소실되었거나 했겠지. 그리고 자네가 말했듯이 조선왕조 때 대거 몰수하였기 때문이겠지."

"저 역시 그렇게 생각했었습니다. 그런데 제가 여기서 여행을 하며 새삼 깨달은 것이 있습니다. 조선시대의 收敍令(수서령)은 鳥足之血(조족지혈)에 불과했습니다."

"조족지혈? 무엇 때문이지?"

"일제가 조선을 강점하자 제일 먼저 시작한 것이 조선의 관습과 제도를 조사한다는 미명으로 取調局(취조국)(取調局)을 만들어 헌병과 헌병보조원을 앞세워 전국 방방곡곡을 뒤져 역사서를 포함한 20여만 권의 서적을 수거해 대부분 불살라 버린 일입니다."

"와! 20만 권이나? 진시황 때 焚書坑儒(분서갱유) 이상이네요!"

중국인 강 씨가 정녕 놀라는 모습으로 말했다.

"그런 일이 있었구먼. 음~"

나는 어금니를 깨물며 신음하듯 했다.

"그리고 '조선에 관한 모든 자료를 집대성하라'는 사이토 총독의 명령에 따라 한국은 물론 만주, 대마도 일본 등에서 8만 점에 이르는 서적과 문서를 수거하였으며, 그러면서 조선사를 왜곡하거나 식민사학에 도움이 될 만한 사서는 그대로 남겨두거나 일본으로 가져갔는데, 이때 살아남은 책이 단군조선을 신화로 만들기에 적합한 『삼국유사』나 사대주의 사서인 『삼국사기』가 아닐까 합니다. 만..."

"그래! 그래! 일리가 있는 말이야. 십 몇 년 전이었던가. 〈역사스페셜〉이라는 TV 프로에 일본 황실도서관에 10여 년간 근무한 적 있는 사람(박창화)이 황실도서관 비밀 수장고에 우리나라 상고사와 관련된 중요한 자료들이 있다고 증언한 것을 본적이 있어."

"조선사편수회라는 것을 들은 적 있을 겁니다."

"그 말은 들은 적 있지. 총독부가 만든, 말 그대로 조선사를 편찬하기 위한 기구가 아닌가? 물론 왜곡되고 날조된 조선사를 편찬했겠지만."

"맞습니다. 그런데 실제로는 일제 황실의 직할기관이었습니다.

편수회가 만들어진 것은 초대 총독인 데라우찌가 '조선인들에게 일본 혼을 심어주어야 한다. 그렇지 않고 그들의 민족적 반항심이 타오르게 된다면 큰일이므로 영구적이고 근본적인 사업이 시급하다. 이것이 곧 조선인들의 심리연구이며 역사연구이다'라고 하면서

'조선 반도사 편찬위원회'를 발족시켜 한민족의 혼을 말살하기 위한 역사서 편찬 작업을 하며 '조선사편찬위원회'로, 그리고 일왕의 칙령으로 '조선사편수회'라는 이름의 직할기관을 만든 것입니다.

편수회에서 만든 '조선사'는 고려와 조선 역사를 85%, 그중 조선이 70% 되고 나머지 15%에서 사료 부족 명분으로 겨우 8%밖에 되지 않는 상고사 부분을 다루면서 단군조선은 삭제하고 한사군부터 시작하여 우리 민족은 식민지 역사로 출발하는 열등 민족으로 인식시키는 내용입니다."

"그렇게까지 치밀한 계획으로 우리 역사를 날조하였구먼."

"그렇지만 그들의 조작 날조 행위를 아직까지 믿고 있는 한국의 역사학자들은 뭡니까? 조선의 역사책에도 한사군은 한반도에 그려져 있고 심지어는 만리장성의 출발점인 수성현 마저 대동강 유역에 표시되어 있으니 우리 중국에서도 얼싸 좋다고 장성을 대동강에서 출발한 것으로 만들 수밖에요."

중국인 강씨도 항변 식으로 대꾸했다.

"그게 기가 막힌다는 겁니다. 조선사편수회 위원이었던 이병도 박사가 그의 스승인 이나바 이와고치의 학설을 계승하여 낙랑군 수성 현을 오늘의 대동강 유역 황해도 수안에 설정한 것을 그 제자를 비롯한 후학들이 그대로 답습하고 있는 것이지요."

"에이, 내가 배울 때만 해도 한사군이 한반도에 있었다고는 배웠지만 만리장성이 평양에서 시작한다는 얘기는 없었는데. 이병도 박사가 타임머신을 탔었나, 아님 축지법을 썼나? 중국과 한반도를 오가며 낙랑군과 만리장성을 옮겨놓게."

"저도 중등학교 때는 장성의 동쪽 끝이 지금의 노룡에 있었다고 배웠고, 또한 견학도 하곤 했었는데, 언제부터인지 바뀌었습니다. 장성의 위치만 바뀐 것이 아니라 조선의 대동강 이북은 아예 중국 영토로 표시되어 있습니다."

중국인이 또다시 흥분하듯 말했다.

"쯧쯧, 우리 스스로가 영토와 역사를 팔아먹었네! 우리가 남북통일의 기회가 왔을 때 중국이 '여긴 우리 땅이었다'면서 점령할 수 있는 구실을 우리 스스로가 제공 하였구먼~"

제 밥그릇도 못 찾아 먹는 못난 후손이던가? 못 찾아 먹는 것이 아니라 갖다 바치는 후손인가?

"이쯤 하고 낙랑공주와 호동왕자를 뵈러 가세나."

• • •

왕자 호동이 사냥감을 찾아 말을 달리고 있다. 그러던 중 앞쪽에서 사슴 한 마리가 달려오더니 곁을 스치며 지났다. 호동은 달리던 말을 멈추지 않고 계속 달리면서 몸을 뒤틀어 사슴을 향해 활을 당겼다. 그 순간 또 다른 화살이 사슴을 향했다. 거의 동시에 사슴은 두 발의 화살을 맞은 채 쓰러져 잠시 퍼덕이더니 잠잠했다. 한 발은 엉덩이, 또 한 발은 가슴에 꽂혔다.

엉덩이에 꽂힌 화살은 호동왕자의 것이었다.

호동왕자가 말을 돌려 사슴에게 다가서자 또 다른 누군가가 다가오고 있었다. 두 사람은 말을 탄 채 사슴을 앞에 두고 숨을 고르며 마주하였다.

"동생, 저 사람은 여인이 아닌가? 낙랑공주?"

"그런 가 봅니다."

"호~ 매초롬한 여인일세. 두 사람 듣던 대로 선남선녀야."

두 남녀가 눈이 마주치자 동시에 전율을 느끼며 완전히 가누지 못한 가쁜 숨마저 멈춰지고 금방이라도 가슴이 터질 것 같았다.

얼마의 침묵이 흘렀을까? 갑자기 요란스런 소리가 숲을 뒤덮었다. 한쪽은 호동왕자의 무사들이고 다른 한쪽은 낙랑왕 최리의 일행이다.

낙랑왕은 공주와 나란히 한 채 호동을 눈여겨보다가 말을 건넸다.

"그대는 누구인가? 어느 나라 사람인가?"

"이분은 대 고구려국의 호동왕자이십니다."

왕자 곁에 있던 호위무사가 대신 말했다.

"오호라, 그대가 호동왕자이신가? 나는 낙랑국왕 최리 일세. 이 아이는 내 딸 공주일세."

순간 호동은 말에서 내려 허리를 반 굽혀 오른팔을 가슴에 대며 예를 갖추었다.

“처음 뵈옵습니다. 고구려 국 왕자 호동이옵니다. 대왕마마와 공주마마를 뵈어 영광이옵니다.”

공주도 고개를 숙여 호동왕자의 인사에 답했다.

“듣던 바로 장부일세. 무예도 출중하다 들었는데 역시 활 솜씨가 대단하시네.”

“과찬이옵니다. 저보다 공주님의 솜씨가 더 훌륭한 듯합니다.”

“하~하, 우리 공주도 제법 활 솜씨가 있으나 그대만 할까? 오 그래, 한 번 더 겨루어 봄이 어떨까?”

“저로서는 영광일 뿐입니다.”

“아바마마, 소녀도 최선을 다하겠나이다.”

다시 사냥은 시작되었다. 호동과 공주는 따로 한 조가 되어 벌판과 숲속을 달리며 사냥을 한다. 그들은 사냥과 함께 사랑도 키웠다.

• • •

“동생 이만 가세.”

“가시다뇨? 호동왕자와 낙랑공주의 로맨스가 이제 시작인데요, 그리고 자명고도 보고…….”

“됐네. 사랑을 위해 나라를 버리고, 자명고를 찢고 아버지로부터 죽임을 당한 비운의 공주. 나는 비운의 공주를 보고자 함이 아니고 호동왕자가 사랑한 공주, 나 역시 사랑했던 낙랑 국 공주를 보고 싶었을 뿐이야."

"후후 형님도 낙랑공주를 사랑했었군요. 나도 어릴 때 호동왕자가 되어 공주를 사랑 하는 꿈을 꾸곤 했었는데……."

"두 분의 말씀을 들어 보니 낙랑공주는 모든 한국 남성들의 역사의 연인이었던 모양입니다. 하긴 나 역시 공주를 보니 사랑에 빠질 만했습니다."

> "내가 배울 때만 해도 한사군이 한반도에 있었다고는 배웠지만 만리장성이 평양에서 시작한다는 얘기는 없었는데. 이병도 박사가 타임머신을 탔었나, 아님 축지법을 썼나? 중국과 한반도를 오가며 낙랑군과 만리장성을 옮겨놓게~"

먼 옛날에 '환'이란 나라가 있었다

석유환국 오환건국최고
昔有桓國, 吾桓建國最古

지구의 밤은 아름다웠다. 조각달은 졸다 못해 잠이 들었고 그동안 비몽사몽에 젖어 있던 별들은 이때다 싶어 더욱 반짝인다.

미리 내라 하던가? 아득히 멀리 있는 별들은 무리를 지어 강물처럼 반짝인다.

지상에서도 점점이 빛이 새어났다. 저기가 낙랑공주가 있는 궁성일라나? 지금쯤 낙랑공주와 호동왕자가 백년가약을 맺고 있음이겠지.

"형님, 정말 아름답습니다. 금가루를 뿌린다는 말이 거짓말이 아니네요. 앞으로 우리가 머물 곳도 이처럼 아름다운 밤이 있겠지요?"

"이보시게, 동생, 나는 그곳에서 밤을 보지 못했네. 그곳에는 낮과 밤이 따로 없는 것 같은데……."

"이처럼 좋은 광경을 볼 수 없다는 겁니까?"

강 씨가 투덜거렸다.

"형씨, 이제 우리는 인간이 아니잖소? 이 여행이 끝날 때까지라도 마음껏 즐깁시다. 형님 어디로 가실 건가요?”

“글쎄, 어디로 갈까? 신라, 고구려, 백제? 아우는?”

“저는 발해로 가고 싶습니다만, 발해가 우리 역사에서 많이 소외됐는데.”

“발해요? 발해는 우리 중국의 지방 역사인데요?”

“이봐요, 강 형! 중국 역사라니! 당신들 중국에서조차 해동성국이라고 부를 정도로 강대한 황제국 이었는데 중국의 지방 역사라니!”

“황제국 이었다고요? 당나라가 왕으로 봉한 것으로 알고 있는데…….”

“아아- 그만들 하시게, 가보면 알겠지, 발해도 가봐야 되고, 신라, 백제, 고구려 삼국에도 가봐야 되고, 강 씨는 어때요?”

“글쎄요, 저는 우리 중국의 始祖(시조)국에 가보고 싶습니다만, 배달국 이전 환국이 있어다 했는데 거기에 가보면 우리 중국의 시조국도 볼 수 있지 않나 생각됩니다만…….”

“그 좋은 생각입니다. 우리 강형도 제법이요. 환국을 기억하시다니! 형님 환국으로 가보시죠? ‘오환건국 최고’라 했으니…….그리고 그곳에서 중국의 시조도 볼 테 구요.”

“나 역시 그 생각을 했네만, 너무 생소하고 막연해서 말일세, 삼성기라 했던가? 집현전 서고에서 봤던 그 책을 다시 보고서 생각해 보세.”

• • •

새벽녘이라 서고에는 아무도 없었다. 책들은 누운 자리에서 자신들을 일으켜줄 손길을 기다리고 있었다. 얼마 전에 봤던 그 자리에 삼성기 두 권이 겹쳐진 채로 가지런히 누워 있다. 그때는 미처 몰랐으나 사실 책이라기에 너무 얇다. 상편은 3쪽, 하편은 5쪽이다.

그러나 몇 쪽 안 되는 내용이지만 거기에는 우리 민족 최초의 나라에 대한 기록이 있는 것이다.

"강 형이 읽어 주시지요?"

오 환 건 국 최 고 유 일 신 재 사 백 력 지 천 위 독 화 지 신 광 명 조 우 주 권 화 생
『吾桓建國最古有一神在斯白力之天爲獨化之神光明照宇宙權化生
만 물 장 생 구 시 항 득 결 낙 승 유 지 기 묘 결 자 연 무 형 이 견 무 위 이 작 무 언 이
萬物長生久視恒得決樂乘遊至氣妙契自然無形而見無爲而作無言而
행 일 항 동 녀 동 남 팔 백 어 흑 수 백 산 지 지 어 시 환 인 역 이 감 군 거 우 천 계 부 석
行日降童女童男八百於黑水白山之地於是桓因亦以監群居于天界掊石
발 화 시 교 열 식 위 지 환 국 시 위 천 제 환 인 씨 역 칭 안 파 견 야 전 칠 세 년 대 불
發火始敎熱食謂之桓國是謂天帝桓因氏亦稱安巴堅也傳七世年代不
가 고 야
可考也』

"우리 환족이 세운 나라가 가장 오래이다.

하느님(상제)은 대 광명 하늘에 계시며 홀로 우주조화를 부리는 신이시다. 광명으로 온 우주를 비추고 대 권능의 조화로 만물을 낳으며 영원토록 사시며 항상 즐거움을 누리신다.

지극한 조화기운을 타고 노니시고 오묘한 대자연의 도를 이루시고, 형상 없이 나타나시고 행함도 말함도 없이 만물을 지으셨다.

어느 날, 동남동녀 800명을 흑룡강(黑水)과 백두산(白山)의 땅에 내려 보내시니, 이때 환인께서는 만백성의 우두머리가 되어 天界에 계시면서 돌을 부딪쳐 불을 일으켜서 날 음식을 익혀 먹는 법을 처음으로 가르치셨다.

나라를 '광명의 나라'(桓國)라 하고 환국을 다스리는 분을 天帝桓因 또는 安巴見이라고도 했다.

환인은 일곱 대를 전했는데 그 연대는 알 수가 없다.

• • •

다음은 환웅에 대한 이야기입니다."

"천계가 어디지? 안파견은 또 뭐지?"

동생은 고개를 갸우뚱한다. 나 역시 모르기는 마찬가지다.

"안파견이란 최고 우두머리, 성스런 아버지라는 뜻일 겁니다. 요나라에서는 황제를 안파견이라 부르기도 했습니다."

강씨의 설명이다.

"그렇구나, 그러나 천계가 어딘지는 알 수 없으니. 그리고 일곱 대를 전했다고 하는데, 환웅천황부터 역으로 추적해야 하는가?"

"아무튼 하권도 봅시다. 강 형, 하권도 읽어 보시죠?"

인 유 지 조 왈 나 반 초 여 아 만 상 우 지 처 왈 아 이 사 타 몽 득 천 신 지 교 이 자
『人類之祖曰那般初與阿曼相遇之處曰阿耳斯它夢得天神之教而自
성 혼 례 칙 구 환 지 족 개 기 후 야
成婚禮則九桓之族皆其後也』

“인류의 조상을 那般(나반)이라 한다. 처음 阿曼(아만)과 서로 만난 곳은 阿耳斯庀(아이사비)라고 하는데, 꿈에 천신의 가르침을 받아서 스스로 혼례를 이루었으니, 九桓(구환)의 무리는 모두 그의 후손이다.”

“나반과 아만? 동양 판 아담과 이브인가?”

“우리 중국에서는 인류의 시조가 盤古(반고)라고 합니다만…….”

“반고? 들어본 적 있어요, 그런데 아이사비는 어딜까? 암튼 계속 읽어 봐요.”

석 유 환 국 중 부 차 서 언 초 환 인 거 우 천 산 득 도 장 생 거 신 무 병 대 천 선 화
『昔有桓國衆富且庶焉初桓仁居于天山得道長生擧身無炳代天宣化
사 인 무 병 인 개 작 역 자 무 기 한 전 혁 서 환 인 고 시 리 환 인 주 우 양 환 인 석 제 임 환
使人無兵人皆作力自無飢寒傳赫胥桓仁古是利桓仁朱于襄桓仁釋提任
인 구 을 리 환 인 지 지 위 리 환 인 혹 왈 단 인
桓仁邱乙利桓仁至智爲利桓仁或曰檀仁』

“옛날에 환국이 있었는데, 백성은 부유하였고 또 많았다.

처음 桓因(환인)께서 天山(천산)에 머무시며 도를 깨쳐 오래오래 사셨으니 몸에는 병도 없으셨다.

하늘을 대신해서 널리 교화하시니 사람들로 하여금 군대를 동원하여 싸울 일도 없게 하였으며, 누구나 힘껏 일하여 주리고 추위

에 떠는 일이 없게 되었다."

'병도 없었어? 군대도 없었고, 춥고 배고픈 사람이 없었다네? 그런 세상도 있었나? 이건 신화구먼...'

나는 중얼거리듯 한마디 하였다.

"안파견 환인 다음에 赫胥(혁서)환인, 古是利(고시리)환인, 朱于襄(주우양)환인, 釋帝任(석제임)환인, 邱乙利(구을리)환인, 智爲利(지위리)환인에 이르렀다. 지위리 환인은 檀仁이라고도 한다."

"에이, 겨우 일곱 분 환인이시네. 역사는 그리 오래되지 않은 모양일세."

배달국이나 단군조선의 역년을 생각하며 무심코 나온 말이 었으나...

"선생님, 그게 아닌 것 같습니다. 엄청납니다."

"뭐요? 엄청나? 계속 읽어 보세요."

고 기 운 파 나 류 지 산 하 유 환 인 씨 지 국 천 해 이 동 지 지 역 칭 파 나 류 지
『古記云波奈留之山下有桓仁氏之國天海以東之地亦稱波奈留之
국 기 지 광 남 배 오 만 리 동 서 이 만 여 리 총 언 환 국 분 언 칙 비 리 국 양 운 국
國其地廣南北五萬里東西二萬餘里摠言桓國分言則卑離國養雲國
구 막 한 국 구 다 천 국 일 군 국 우 루 국 일 운 필 나 국 객 현 한 국 구 모 액 국 매
寇莫汗國句茶川國一羣國虞累國一云畢那國客賢汗國句牟額國賣
구 여 국 일 운 직 구 다 국 사 납 아 국 선 패 국 일 칭 시 위 국 혹 운 통 고 사 국 수
句餘國一云稷臼多國斯納阿國鮮稗國一稱豕韋國或云通古斯國須
밀 이 국 합 십 이 국 야 천 해 금 왈 북 해 전 칠 세 력 년 삼 천 삼 백 일 년 혹 운 육 만
密爾國合十二國也天海今曰北海傳七世歷年三千三百一年或云六萬
삼 천 일 백 팔 시 이 년 미 지 숙 시
三千一百八十二年未知孰是』

“고기에 이르기를, ‘파내류산’ 밑에 환인 씨의 나라가 있으니 천해동쪽의 땅이다.

파내류의 나라라고도 하는데 그 땅이 넓어 남북이 5만 리요 동서가 2만여 리니 통틀어 말하면 환국이요 갈라서 말하면, 비리국, 양운국, 구막 한국, 구다 천국, 일군국, 우루국 혹은 필나국, 객현한국, 구모액국, 매구여국 또는 직구다국, 사납아국, 선패국 혹은 시위국 또는 통고사국, 수밀이국이니 합하여 12국이다.

天海(천해)는 지금 北海(북해)라 한다. 7세에 전하여 세월이 3,301년 혹은 63,182년이라고 하는데 어느 것이 맞는 말인지 알 수가 없다.”

파내류산은 또 어디일까? 나는 혼자서 머리를 굴려보는 중에 삼천삼백 년이라는 말에 독약이라도 내뱉듯 한 마디 질렀다.

“삼천삼백 년?!!”

“육만 년이라고도 합니다!!!”

‘이건 도저히 믿을 수 없는 수치이다. 육만 년? 외계인이 나타나는 공상 소설에서나 나올 법한 숫자가 아닌가? 공상 이다. 가늠할 수 없는 공상 이다. 삼천삼백 년은? 이 역시 공상 이다.

일곱 분이 삼천 년을 이으셨다면 한 분이 사오백 년을 사셨다는 것인데 이를 믿을 수 있을까? 배달국 천황께서 백 세 이상의 수를 누렸다지만 인간이 사오백 년을 산다는 것은 불가능한 일일진대, 육만 년이라니! 이건 역사가 아닐 거야. 신화의 얘기인거야...’

"선생님 여기 朝代記(조대기)라는 책에도 이 같은 내용이 있습니다."

저자가 없지만 제법 두꺼운 책이다. 첫 장에 삼성기와 같은 내용이 적혀 있다.

"동생, 이것을 믿어야 할까? 이건 인간세상의 역사가 아닐세."

"저 역시 믿기지 않습니다만, 이 책을 쓰신 분들은 당대에서는 학자들이었을 텐데…… 어쨌거나 현장을 확인할 수밖에 없잖습니까?"

"그런데 시간과 공간을 맞추자니 기준점을 잡기가 어렵구먼."

고심하고 있는데 중국인 친구가 아주 쉽게 답을 내듯 말한다.

"선생님, 차라리 인류 원시 역사부터 훑어보면 어떨까요?"

"인류 원시 역사? 원시인, 유인원 이런 것 말인가?"

"그것 좋은 생각입니다. 인류시조부터 훑다 보면 우리 조상의 흔적이 나타날 것 아닙니까?"

"그렇게 하세나. 이왕이면 지구가 탄생할 때부터 살펴봄세."

"오! 선생님은 한 발 더 나가시네요. 신나는 여행이 되겠습니다."

잠시 시간을 돌려보았다. 갑자기 대 우주의 한 곳에서 대폭발(Bigbang)이 일어나더니 소우주가 만들어졌다. 시간이 지나면서 물질과 에너지, 시간과 공간이 존재하는 지구라는 행성이 탄생한다.

지구 나이로 40억 년 전이며 우주상의 달력으로 3만 5천 년 전이다.

그분은 생명의 탄생 조건을 만들어 주었다. 태양을 통해 빛을 내려 주었고 원자가 모여 분자가 되며 그 분자들이 결합되어 물질이 되고 에너지로 형성되더니 마침내 생명체가 탄생하였다.

생명체들은 제 각각의 모습으로 진화를 거듭하며 생존을 이어 갔으나 우주의 4계절 환경에 적응하지 못하거나 생존경쟁에서 탈락되는 등 뭇 생명체들의 生沒(생몰)이 수없이 반복된다. 그 과정에서 지구도 지축을 이동시키며 자전과 공전으로 진화를 하고 있다.

얼마의 시간을 돌렸을까?

"선생님 저기 인간과 비슷한 동물이 보입니다."

중국인 강 씨가 가리키는 곳은 오늘날 아프리카 동부 지역이다.

"오 드디어 인류의 조상을 찾았구먼, 지금이 지구 나이로 250만 년 전일세!"

"저게 오스트랄로피테쿠스(Australopithecus)인가 보네요."

큰 동생이 말하였다.

그들은 다수로 무리를 지어 여느 동물들과 마찬가지로 벌판과 숲을 누비며 생활하고 있다. 다르다면 약간 엉거주춤 하지만 두 다리로 걸으며 두 손을 이용해 나무열매나 죽은 동물들의 고기를 먹으며 생활한다. 때로는 공룡 같은 큰 짐승들에게 쫓기며 목숨을 잃기도 했다.

"왜 인간은 두 다리로 직립하여 걷는 것으로 진화되었을까요?"

중국인 강 씨의 질문이다.

"글쎄요, 아마 멀리 바라보고, 두 손을 자유자재로 이용하고자 한 것이겠지요."

"그럴 거야. 대신 인간은 무거운 체중을 두 발로 받치다 보니 네 발 동물들이 없는 무릎관절이나 척추디스크 같은 병을 얻게 되었다 하더군."

"그렇군요, 그런데 동물들은 태어나자 곧바로 걷기도 하는데 우리 인간들은 몇 년을 돌봐야 하니 저 동물들과 생존경쟁에서는 매우 불리할 것 같습니다. 그건 진화가 아니라 퇴화된 느낌입니다."

"흐흐 퇴화? 강 형, 맞는 말이요. 하지만 여자들이 태어나자 걸을 수 있도록 성장한 큰 애기를 선 채로 뱃속에 품고 있기에는 고통이 너무 심할 것 같은데요. 그래서 빨리 출산하는 쪽으로 진화했을 거요. 대신 오랫동안 보살펴야 하는 부담을 갖게 되는 거지요."

어느 틈인가 막대나 도구를 사용하여 짐승들과 대항하기도 하며 물리치기도 하더니 어느 사이 스스로 작은 동물들을 죽여 배를 채우기 시작 했다.

그들은 아직 불을 만들지는 못했으나 이용할 수 있었다.

불은 추위나 덩치 큰 동물로부터 보호받을 수 있는 수단임을 알게 되었고, 뿐만 아니라 고기를 익혀 먹으면 맛이 있다는 것도 알게 되었다.

수없는 세월이 흐르면서 몇몇의 무리들은 더 나은 생활공간을 찾고자 그곳을 떠나 북아프리카, 유럽, 아시아 쪽으로 이동하여 각각 생활터전을 구축한다. 각각의 지역에서 그곳의 환경에 맞게 적응하며 유전적으로 진화한다.

그들은 정보를 공유하는 수단으로서 언어를 수없이 개발하며 삶의 질을 높이며 다른 동물보다 우위의 지위를 갖춘다. 이들은 네안데르탈(Neanderthal)인이다.

이무렵 동부 아프리카에서 보다 진화된 새로운 종족(호모사피엔스:Homosapiens)이 생겨나더니 그들은 급속도로 곳곳으로 전파되면서 토착 종족(네안데르탈인)들과 교류, 내지는 싸우기도 하며 어느 사이 토착종족을 흡수하여 최강의 종족으로 굳히며 삶의 터전을 더욱 확대하였다. 이들은 이전의 종족들과 마찬가지로 몇 차례의 빙하기와 홍수기 등의 기후변화에도 불구하고 다른 동물처럼 멸종되지 않고 꿋꿋하게 견디어 왔다.

이제 그들은 불을 자유자재로 일으키기도 하고 돌이나 나무, 동물 뼈를 이용한 연장을 만들어 사냥의 효율성도 높이며 먹이를 찾아 집단적으로 떠돌이 생활을 한다.

인지가 더 발달한 종족은 수렵채취 생활보다 한 곳에 정착하여 농업위주 생활을 하는 것이 보다 안정적인 삶을 누릴 수 있음을 터득하며 소규모 공동생활에서 벗어나 대규모 집단생활을 영위한다.

집단생활에는 질서와 규칙이 필요하게 되고 이를 통제하는 계급이 생기기 마련이다. 그들은 계급을 이용하여 권력을 행사하고 보다 세분화된 질서를 구축하며 집단의 규모를 확대하였다.

이즈음, 참으로 뜻밖의 현상이 나타났다. 지구 곳곳에 외계에서 온 생명체가 인간을 지배하기 시작한다. 그들은 인간들과 너무나 흡사했지만 체구가 컸으며 피부색은 대체로 검고 몸에 털이 많은 편이었다.

외계인들은 인간들보다 앞선 지식과 문명을 이용해 인간들이 생각하지 못한 피라미드 같은 거대한 신전이나 석조물을 짓기도 하고 무지한 인간들을 가르치며 신과 같은 존재로 군림하며 식민지를 운영하였다.

인간들은 그들의 첨단 무기가 두려웠고 그들의 뛰어난 지식이나 기술에 놀라움을 금치 못하며 그들을 경외하기도 했다.

이렇게 3만 년 정도가 지날 무렵 대 홍수가 일어나고 땅이 솟고 바다가 메워지는 지각변동이 일어나자 그들은 이 땅에서 갑자기 사라져 버렸다. 지구의 환경이 그들의 생존에 도무지 적응이 되지 않기 때문이다. 그들의 고향으로 돌아간 것이다.

지구 달력으로 불과 1만 5천여 년 전의 일이다. 그들이 남긴 흔적들의 대부분은 지구의 천지가 뒤 바뀌면서 바다 속으로 잠기거나 땅 속으로 묻혀버렸다. 극지방은 얼음으로 덮이고 말았다. 일부 남아 있는 흔적에 인간들은 신으로 떠받들던 그들이 돌아올 것을 고대하며 전설과 신화를 만들고 있었다.

"아니 외계인이 실재하였단 말인가? 그것도 4만 5천 년 전에~!!!"

"형님, 페루의 '나스카' 그림이나 오키나와 근해의 해저 신전, 전설상의 '아틀란타' 대륙, '뮤' 대륙... 이 모든 게 외계인의 문명이었군요."

〈해저 속에 묻혀있는 뮤 대륙의 흔적들....〉

"맞습니다. 이집트 피라미드에서 발굴된 첨단의 정교한 부품이나 UFO를 연상케 하는 벽화 등도 외계인들의 흔적이었습니다. 우리가 생전에 외계인 존재 여부를 두고 왈가왈부했는데 우린 너무 싱겁게 확인한 셈입니다. 이래서 우리 여행이 신난다는 겁니다. 하하하~"

강씨의 말에 우리 모두는 흥분과 놀라움을 감추지 못했다.

• • •

'봄에 생명들이 탄생하고, 여름의 성장기, 가을의 수확기를 거쳐 겨울철이면 생명들이 소멸하거나 휴면하는 우주 질서, 그 틈에서 오늘날까지 살아온 생명체 중 하나인 우리 인간이 미래에도 만물의 영장의 지위를 유지하며 존속할 수 있을까? 외계인의 출현도 그분의 뜻이었을까?'

"형님 저곳을 보십시오. 많은 인간들이 모여들고 있습니다."

지구가 평온을 되찾으면서 지구 곳곳의 인간들은 다시 생기를 찾아 번성하며 특히 기후가 따뜻한 천산 주변(바이칼 호수 부근)으로 일단의 종족들의 인간들이 다시 모이기 시작했다.

"저들이 어디서 온 것인지 경로를 잠시 돌려봅시다."

"그렇지, 천지개벽으로 약간의 단절이 있었지."

그들의 조상은 그들로 부터 3만여 년 전부터 바이칼 호수 주변에서 살던 종족들이다.

7만여 년 전, 동부아프리카에서 온 소위 호모사피엔스였으며 먼저 있던 종족들과 결합하고 통합하며 하나의 종족으로 유지하고 있던 중, 급작스런 빙하기를 맞아 뿔뿔이 흩어져 동면하다시피 극한적으로 생존하다가 기후가 온난하자 다시 활동하게 된 것이다.

"형님, 좀 전 토착종족과 이주종족 간의 결합이 혹시 '아만과 나

반'의 전설이 아닐까요?"

"저도 동감입니다. 우리 중국의 '반고' 전설이 이런 것에서 출발하지 않았나 생각이 드는군요."

"그럴 수도 있겠어. 그런 면에서 본다면 중국 중화족의 시조나 우리나라의 시조나 뿌리는 하나인 것 같은데, 허허."

그들은 타제석기에서 마제석기로의 기술개발로 나무열매나 곡식을 채취하는 데 획기적인 발전을 이룩하였으며 토기를 발명함으로써 음식이나 잉여식량을 저장할 수 있고 끓여먹을 수 있게 되었다.

더 나아가 가축을 기르고 씨를 뿌려 곡식을 수확하는 지혜를 갖추어 본격적인 농경생활을 하게 되는 이른바 농업혁명의 시대를 이루었다.

"선생님, 벼농사가 서남아시아의 메소포타미아에서 먼저 발생한 것으로 알았는데 바이칼 쪽 여기가 먼저였군요."

"강 형, 1990년 후반 우리나라 충북 청원군의 소로리에서 1만 4천 년 전의 볍씨가 발견되었습니다. 그 볍씨를 현존하는 最古의 볍씨로 세계에서 인정하고 있어요."

"동생, 그런 일이 있었나? 나도 우리나라의 벼농사가 동남아나 서 남아에서 건너온 걸로 알았는데……. 그럼 저들의 벼농사가 우리 조상들과 연관성이 있다는 것인데."

천산산맥과 알타이 산맥 동쪽 주변에서 인류의 무리들은 과거 수만 년에 걸쳐 이루어진 문명을 바탕으로 단 수천 년 만에 앞서의 그것보다 몇 백 배 빠른 성장을 거듭하며 가장 찬란한 문명을 건설하였다.

찬란한 그 문명 중에 과거의 것과 현저히 다른 점이 있다면 그것은 靈的(영적)인 발달과 더불어 하늘과 태양을 숭배하는 사상이다.

하늘 숭배는 단순한 숭배가 아니라 나 자신도 하늘로부터 왔으며 나도 언젠가 하늘로 돌아간다는 것이다. 때문에 나도 곧 하늘이요, 그 하늘 저편 태양에는 천지우주를 주재하는 상제님이 계시는 곳이라 생각한다.

상제님은 인간은 물론이요, 천지우주에 절대 필요한 빛을 모으고 또한 천지우주와 인간들에게 골고루 나누어 주시기 때문에 '대광명'의 본체인 그분을 섬기고 그분의 뜻에 따라 사는 것이 삶의 과정이자 목표인 것이다.

아침마다 동산에 올라 떠오르는 태양을 향해 절을 하며 항상 그분의 뜻을 발현코자 했다.

그들은 천지우주 광명과 하나가 된 존재라 생각하며 스스로를 크나 큰 밝음의 뜻인 '桓(환)'이라 불렀으며 환의 존재인 자신들을 지도하고 다스리는 위인을 桓仁(환인)이라 불렀으니, '사람을 구제하고 세상을 다스림에 반드시 어진 마음으로 행하기' 때문이다.

환인은 상제님의 정기를 받은 동남동녀 800명을 이끌고 각지를 순행하며 상제님을 받드는 제천의식을 주관하고 상제님의 말씀을 주문으로 백성들을 교화하였다.

주문은 다음과 같다.

『一始無始一(일시무시일) 析三極無盡本(석삼극무진본) 天一一(천일일) 地一二(지일이) 人一三(인일삼) 一積十巨無櫃化三(일적십거무궤화삼) 天二三(천이삼) 地二三(지이삼) 人二三(인이삼) 大三合六生七八九(대삼합육생칠팔구) 運三四成環五七(운삼사성환오칠) 一妙衍萬往萬來(일묘연만왕만래) 用變不動本(용변부동본) 本心本太陽(본심본태양) 仰明人中天地一(앙명인중천지일) 一終無終一(일종무종일)』

'하나(상제님)는 천지만물이 비롯된 근본이나 무에서 비롯한 하나이어라!

이 하나가 나뉘어 천·지·인 삼극으로 작용해도 그 근본은 다할 것이 없어라!

하늘은 창조운동 뿌리로서 첫째가 되고 땅은 생성운동 근원되어 둘째가 되고, 사람은 천지의 꿈 이루어서 셋째가 되니, 하나가 생장하여 열까지 열리지만, 다함없는 조화로서 3수의 도 이룸일세!

하늘은 음양운동 3수로 돌아가고 땅도 음양운동 3수로 순환하고 사람 역시 3수로 살아가니 천지인 큰 3수 마주 합해 6수 되니, 생·장·성, 7·8·9를 낳게 함이네!

천지만물 3과 4수 변화마디 운행하고 5와 7수 변화원리 순환운동 이룸일세!

하나는 오묘하게 순환운동 반복하여 조화작용 무궁무궁 하나 그 근본은 변함없네!

근본은 마음이니 태양에 근본 두어 마음의 대광명은 한없이 밝고 밝아 사람은 천지 중심의 존귀한 대 존재 즉 태일이니, 또한 하나는 천지만물 끝을 맺는 근본이나, 무로 돌아가 마무리된 하나 즉 상제님 이니라!'

"아니! 저 주문은 천부경이 아닌가?"

〈최치원선생이 썼는 천부경〉

"형님께서 천부경을 어떻게 아십니까? 저 주문이 천부경이라고요?"

"그렇네, 내가 단전호흡운동을 할 때 도반들과 함께 외우던 것일세. 그때는 수천 년 전부터 전해오는 우리 민족의 고유 주문이라며 뜻도 모르고 외웠지. 그 천부경이 환국에서 유래되었다니!"

"저도 고운 최치원 선생이 우리 민족 전래의 주문을 한자로 옮겼다는 천부경을 본 적이 있습니다만 무슨 말인지 모르겠더군요. 저들이 외는 것을 들으니 좀 이해가 됩니다."

"인류최초의 經典(경전)인 셈이군요."

"경전? 그렇지 경전인 셈이지. 심오한 우주철학이 담긴 경전이지."

나는 강 씨의 말에 설명하듯 말했다.

• • •

환인은 아홉 부족별로 백성의 추대를 받아 선출되었으며 영역이 확대되면서 9명의 환인이 모여 만장일치로 환인의 수장을 추대 또는 선출하였으니 곧 천제님이시다.

환인천제님이 선출된 부족에서 또다시 천제님이 선출되면 같은 이름으로 불리었으니 일곱 부족, 다섯 나라에서 총 열다섯 분의 환인천제님이 계셨고 모두 200세 이상의 수를 누리시며 하늘과 소통하셨다.

하늘의 도를 받들어 아버지의 역할을 하는 태양 같은 존재를 뜻하는 안파견 환인이 추대되면서 마침내 인류 최초 국가인 제정일치의 환국을 선포하게 된다.

"동생, 배달환웅 천황님보다 3,300년이나 앞선 분일세, 이렇게 보고도 믿기지 않네."

"저 역시 믿기지 않습니다."

"선생님, 제가 배달국 체험 때 '황금시대(the golden age)'라는 말을 한 적 있었잖습니까? 그게 바로 이를 두고 한 말인 것 같습니다."

"맞습니다. 원시 샤머니즘을 연구한 독일학자 '칼바이트', 세계 거석문화의 대가인 '피터 마샬', 그리고 영국의 심리학자 '스티븐 테일러' 등 많은 학자들이 인류 역사의 초기를 황금시대라 부르며 신과 소통하며 죽음을 모르고 질병과 고통이 없는 자유로운 경지에 살았다며 인간의 수명이 200세 이상이었다고 했습니다. 그 시대가 기원전 5,000년 이전의 시기라 했으니 바로 이때가 아니겠습니까?"

첫째 동생이 부연하였다.

"그렇다면 구약성경에 나오는 아담의 자손들도 노아에 이르기까지 수백 살까지 산 것으로 되어 있는데 그도 사실이란 말인가?"

"유대 민족의 지도자로 추앙받은 아브라함도 175세까지 살았다고 했습니다만, 아- 동양의학의 고전인 『황제내경』에 '옛 사람들은 어찌하여 백세가 넘도록 건강하게 살았는가?' 하는 황제의 질문에 '기백'이란 신하가 '그들은 천지의 법칙을 지키며 살았기 때문입니다' 라고 대답한 게 있는데 이 시대는 무병장수의 시대가 맞는 모양입니다. 어쨌든 환국의 역사를 살펴보시죠? 형님."

환국은 파내류산 주변에서 처음 9개의 부족으로 출발한 환족이 번성하면서 여러 곳으로, 특히 동방으로 진출하면서 12개의 부족 연맹체가 만들어진다.

천산과 금악산 주위로 '수밀이국', '우루국', 천해인 바이칼 주변에 '월지국', '양운국' '매구여국', 대흥 안령산맥 중심으로 '일군국', '구다천국', 오늘날 몽골지역에 '개마국', '비리국', '구막한국' 등 12 나라이다.

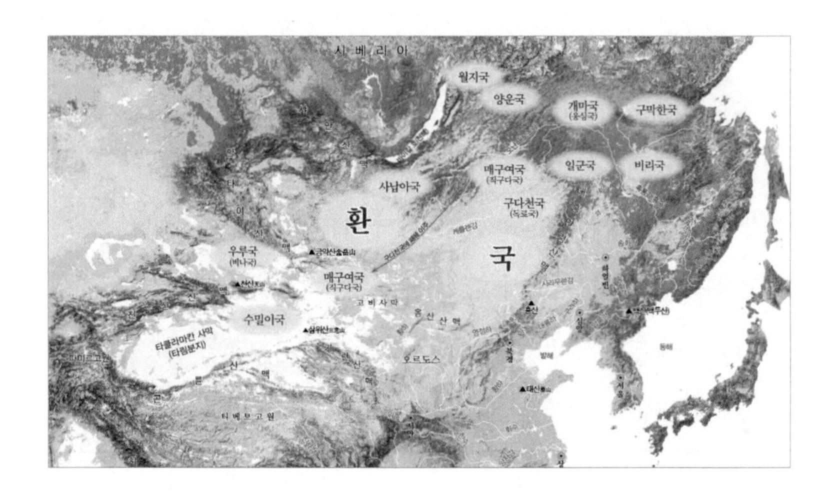

환인천제님들은 약 2천 년 동안은 '수밀이국과' '우루국'에 주재하시다 그 후 1,000년간은 북쪽으로 이동하여 각 나라에서 번갈아 주재하시며 천하를 다스렸다.

환국 후반기에 기후 변화로 '수밀이국과' '우루국'의 환족은 천산산맥과 파밀고원을 넘어 오늘날 메소포타미아 지역의 유프라테스 강과 티그리스 강 사이 초승달 모양의 지역에 '하늘에 이르는 계단'이라는 뜻의 수메르에 정착하였다. 그리고 메소포타미아 문명보다 앞선 '수메르 문명'을 일구었다.

"아니, 메소포타미아 문명 이전에 다른 문명이 존재하였군요. 그것도 환족에 의해서 말입니다."

"메소포타미아 문명이 그리스 로마 문명의 근원이라 했는데 결국 수메르 문명 덕분에 오늘의 서양 문명이 존재하게 된 거군."

"맞습니다. 수메르 문명은 20세기 후반에서야 메소포타미아와는 다른 독자적인 문명으로 재조명되고 있지요. 토인비를 비롯한 많은 학자들이 동방의 문명으로 추정하였는데 사실로 입증된 셈이지요."

• • •

거의 동 시대인 이 무렵에, '매구여국'과 '구다천국' 사이 환인천제의 嫡統(적통)을 다투며 환웅과 반고가 각각의 개척단을 이끌었다.

환웅은 동방으로 나아가 이미 한반도를 비롯한 백두산 주변의 종족을 아우르며 신시배달국을 개천하였고, 반고는 남방 삼위산 납림동굴을 기반으로 하여 盤固可汗(반고가한)이 되어 漢(한)족의 시조가 되었다.

• • •

"놀랍습니다. 전설상의 반고가 실제 인물이었다니, 황제헌원이 우리 한족의 시조인 줄 알았습니다만……."

"허허, 한족의 뿌리를 찾았구먼. 결국 한족도 우리 환족에서 갈라진 것일세. 같은 뿌리였는데 왜 그렇게들 아웅다웅하였는지……."

"기독교, 마호멧교가 같은 뿌리이면서 앙숙처럼 싸우는 것처럼 어쩌면 환국의 적통 자 다툼이었을 수 있겠습니다. 아님 적통 자에서 밀려난 것에 대한 보복 같은 거~"

"적통 자 다툼? 그래, 그래. 그 말이 맞는 것 같아."

"그럼 누가 적통 자였다는 겁니까? 漢(한), 韓(한) 모두 桓(환)과 같은 뜻인데."

"그야 환웅천황이지요. 마지막 환인천제이신 檀仁(단인)천제께서 환웅께 '천부'와 '印(인)'을 주셨음은 환국의 종통을 환웅천황께 주신 것이지요. 천부란 환국, 즉 세상을 다스리는 권한의 증표이고 '인'은 환국의 종통을 뜻하는 옥쇄가 아니었습니까?"

"그것만이 아니었어, 인간세상을 널리 이롭게 한다는 홍익인간의 통치이념도 계승하였지 않나."

"선생님 저기 보십시오. 오래전부터 사람들이 이동하고 있는데요."

일단의 무리들이 수세기에 걸쳐 바다를 건너고 있다.

지난번 지각변동으로 바다였던 땅이 솟아 섬들이 징검다리처럼 연결된 곳이다. 벌써 몇 차례 땅이 되었다 바다가 되었다 를 반복하던 곳이었다.

아사달에서 출발하여 아류산열도 쿠릴열도를 거쳐 북미 중미대륙으로 이동하면서 일부는 미국의 인디언 문명을, 일부는 멕시코 등 중남미의 아즈텍과 마야 문명의 터전을 일구었다.

그들의 이동은 대 진국(발해)이 멸망하는 시점까지 수천 년 동안 몇 차례 걸쳐 계속되었으며, 수천 년 전 단절되었던 선조들의 문명을 차곡차곡 재현시키고 있었다.

"몇 년 전에 미국을 여행하면서 캘리포니아의 소노마 레이크라(Sonoma Lake)는 작은 인디언 풍습 박물관에 갔었지. 그곳의 인디언 생활용구를 보면서 내가 어릴 때 살았던 시골모습이 그대로 연상되었을 뿐 아니라 인디언들이 사용하던 윷놀이 도구가 우리 것과 똑같아 놀랐는데 그 연유가 바로 우리와 같은 조상들이었기 때문이구먼."

"멕시코 아즈텍 역사 문화를 연구했던 배재대학교 손성태 교수에 의하면 맥시코의 원주민들 말에는 우리말의 흔적이 상당히 많이 남아 있고, 우리 민족의 풍습들이 전해지고 있답니다."

"그렇지. 우리 민족만이 갖는 독특한 문화와 풍습이 있는데 그

걸 보면 우리 민족의 분포나 이동경로 등을 알 수 있을 거야."

"그게 뭡니까? 아! 상투도 있겠다."

중국인 친구가 아주 궁금한 표정을 지으며 재빠르게 말했다.

"그렇지 상투는 상제님이 머무시는 곳이라고 환웅천황님이 말씀하셨지. 댕기도 그렇고, 그래 '禁'줄도 있겠다."

"금줄이 뭔가요?"

"애기가 태어났을 때 잡귀가 접근하지 못하도록 산모 방이나 집 앞에 21일간 걸어놓는 줄이지."

"그래요? 기억납니다. 길림의 조선족들에게 그런 풍습이 있습디다."

"또 뭐가 있을까? 그래 온돌이 있겠다."

"맞습니다. 온돌이야말로 우리 민족의 대표적인 문화라 할 수 있습니다. 아류산 열도나 시베리아 바이칼호수 주변에서 5천 년 전의 온돌이 발견되어 세계적으로 학계가 떠들썩했습니다."

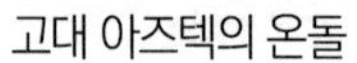

고대 아즈텍의 온돌

아류산열도의 세계最古 온돌

"허허~ 우리 민족은 등이나 엉덩이가 따뜻해야 제대로 잠을 잘 수 있지. 오늘날 구들장 대신하여 전기장판이나 온수파이프 등으로 바뀌었지만, 암튼 난방방식으로는 최고라 할 수 있지. 아마 온돌 시스템이 없었다면 우리나라 아파트 문화가 그렇게 발달하지 못 했을 거야. 요즘 서양에서도 온돌에 대해서 연구를 많이 한다더군."

"그리고 장례 문화가 독특합니다. 염을 하는 것은 우리 민족만의 고유한 풍습입니다.

그리고 무덤을 돌로 쌓아 만드는, 즉 積石墳(적석분)이지요, 그것이 고인돌에서 유래되었다고 합니다만 이는 돌을 쌓아 무덤을 만든 후 신라나 백제처럼 흙을 덮어 봉분을 만드는 방법과 피라미드와 같이 외곽에 돌을 계단식으로 쌓는 방법이 있습니다. 대체로 제단과 겸하고 있는데 고구려의 옛 영토인 集安(집안)에 가면 수천기가 밀집되어 있습니다."

"저도 본 적 있습니다. 그 규모가 대단하던걸요."

"고인돌은 한반도가 가장 많다면서?"

"그렇습니다. 전 세계 고인돌의 반 정도가 우리 한반도에 있습니다. 그 형식도 다양하여 우리 한반도가 1만 년 전부터 종족 이동의 중심 경로였던 셈이지요. 북반구로 통해, 중원지방을 통해, 그리고 남방 쪽을 통해서..."

"또 뭐가 있지요?"

"음식을 먹기 전에 음식 약간을, 농사짓는 방법과 불을 잘 일으키는 법을 가르쳐준 '高矢(고시)'에게 던져주는 '고수레'도 있고,…… 아, 그네뛰기도 있지…!"

"그네뛰기라구요? 아~그네타기요? 그건 우리 중국이나 서양에서도 많이 타는데요?"

"그건 그네를 타는 것이 아니라 흔들이 오락 기구를 타는 것이지. 그들은 그네에 앉아 누군가가 밀어주거나 당겨주는 것에 의해 흔들리는 재미를 느끼는 것이지만 우리민족은 서서 발판을 구르는 힘으로 창공을 지르는 것이기에 운동량도 상당할 걸? 특히 쌍그네는 두 사람의 호흡이 잘 맞아야 하는 것이지. 그래서 그네뛰기이지…"

"예~ 그렇군요, 그네뛰기를 본 적이 있습니다. 아주 인상이 깊었습니다. 한 번 더 봤으면 좋겠습니다."

"우리나라 사람처럼 그네를 뛰면서, 하늘을 향해 솟구치며, 또한 두 사람이 함께 어울려 정담을 나누는 그네뛰기가 있던가요?"
"형님, 그네는 원래 북쪽의 오랑캐가 하던 것이 중국을 통해 우리나라로 유입된 것으로 알려져 있는데요, 북쪽의 오랑캐라는 것이 결국 우리 민족이 아니겠습니까? 고려와 조선시대 때는 국가적인 행사로 치루 어 졌던 모양입니다."

"국가적인 행사요? 선생님?"

"고려 顯宗(현종) 때 중국 사신 郭元(곽원)이 '고려에서는 단오에 추천놀이(그네뛰기)를 한다.'라는 말을 전하면서 봄맞이 행사에 집단적으로 행사하는 그네뛰기가 그들에게는 특이하게 보였던 모양입니다. 고려 고종 때는 崔忠獻(최충헌)은 5월 단오에 개성의 栢井洞宮(백정동궁)에다 그네를 매고 3일간에 걸쳐서 4품 이상의 문무관을 초청하여 연회를 베풀었고 奏樂(주악)에 맞춰 각종 악기의 소리가 천지를 진동하였다고 합니다."

그네에 대한 동생의 의견에 나 역시 신이 나서 한마디 건 냈다.

"그뿐만 아니지, 조선시대 때는 한양 한복판인 종로 네거리 뒷골목에 화려하게 그네 터를 설치하고, 도성을 남북 두 패로 나누어 내기를 하였는데, 장안의 백성들이 모여들어 인산인해를 이루었다고 했다지...."

"그네뛰기가 대단 했군요."

"고려나 조선 때만이 아니야, 일제 강점기 때도 그네뛰기는 대단했었지. 어른들의 얘기를 들어보면 일본인 역사학자 쓴 '무라야마'의『조선의 향토오락』에 따르면, 조사한 227개 지역 중에서 11개 지역을 제외한 216개 지역에서 그네뛰기가 행해지고 있다고 했으며, 또한 단오뿐만 아니라 사월 초파일부터 단오까지 그네뛰기를 하는 지역이 많고, 젊은 여자들뿐만 아니라 젊은 남자들도 그네뛰기를 하는 지역도 많다고 했었으며, 그들은 남녀가 함께 쌍그네 뛰기도 하였거든. 내가 어릴 때도 우리 마을에서는 단오 때 그네뛰기가 큰 행사였지."

"남녀가 쌍그네를 뛰면 정말 멋있겠네요."

"형님, 쌍그네를 뛰면서 이런 노래도 하였지요.

『삼나무 그네 메어 님 과 둘이 어울려 뛰니
사랑이 절로 올라가 가지마다 맺혀서라
저 임아 그러지 말라 떨어질까 하노라』"

"그네뛰기 생각하다가 환족들의 중남미 및 북미 대륙의 흔적들을 놓칠 뻔 했네."

잠시 사이 중남미 대륙과 북미 대륙의 환족 후예들은 15, 16세기 바다 건너온 이민족들에 의해 무참히 짓밟히며 그들이 일구었던 수천 년의 찬란한 문명은 전설로 남는다.

> 그들은 갑자기 사라져 버렸다. 그들의 고향으로 돌아간 것이다. 지구 달력으로 불과 1만 5천여 년 전의 일이다.

역사를 개척한 단군조선

시간을 돌려가면서, 환족의 후손들이 미주지역을 개척하고 나아가 고도의 문명 집단으로 성장하였으며, 그러다 천지의 개벽이나 외부의 물리적인 충격에 의한 흥망성쇠의 부침을 보았다.

"형님 우리 선조들이 개척하고 일구었던 위대한 문명과 문화가 소위 洋夷(양이)들에 의해 정복당한 것 같아 씁쓸합니다."

"인류 역사 자체가 정복의 역사 아닌가요? 개척과 정복의 차이는 무엇인가요? 개척도 정복의 과정이 아닙니까?"

중국인 강씨의 말이다.

"개척과 정복이라? 개척은 삶의 터전을 마련하는 것이고 정복은 삶의 터전을 빼앗는 것이라 할 수 있겠지. 해서 개척은 건설이고 정복은 파괴가 아니겠는가?"

"맞습니다. 개척은 땀과 희망을, 정복은 피와 절망을 수반하는 것이겠지요."

"선생님, 말이 좋아 개척이지 사실은 정복이 아닌가요? 나는 개척한다고 하지만 상대는 정복당한다고 생각하는 것입니다."

"흐흐, 강 형은 역시 '맑스-레닌'적 생각이군요. 모든 것을 투쟁의 관점으로만 생각하니 말입니다."

"사실이 아닌가요? 인간은 자연과의 투쟁, 국가와의 투쟁, 그 결과가 정복과 피정복 관계가 아닙니까? 보다시피 신대륙에 대한 개척은 토착 인디오들의 학살이었고 정복이었습니다."

언뜻 얼마 전에 읽었던 유발 하라리의 『사피엔스』중 한 부분이 생각난다.

「1969년 7월 20일, 닐 암스트롱과 버즈올드린은 달 표면에 착륙했다. 탐험에 앞서 아폴로 11호 우주비행사들은 몇 개 월 동안 달과 환경이 비슷한 미국 서부 사막에서 훈련을 받았다. 이 지역은 여러 아메리카 원주민 공동체의 고향인데, 우주비행사들과 한 원주민과의 만남을 담은 전설 같은 이야기가 전해진다.

어느 날 훈련 중이던 우주비행사는 늙은 아메리카 원주민과 우연히 마주쳤다. 남자는 우주비행사들에게 이곳에서 무엇을 하고 있는가를 물었다. 그들은 달을 탐사하기 위해 곧 떠날 원정대의 대원들이라고 대답했다. 이 말을 들은 노인은 잠깐 침묵하다가 입을 열었다. 자신을 위해 부탁을 하나 들어달라고 했다.

"무엇을 원하세요?"

"우리 부족 사람들은 달에 신성한 정령들이 산다고 믿는다오. 그들에게 우리 부족에서 보내는 중요한 메시지를 당신들이 전해줄 수 있을까 해서."

"그 메시지가 뭔데요?"

남자는 자기 부족의 언어로 뭐라고 말했고 우주비행사들이 그 말을 정확히 외울 때까지 계속 되풀이해서 말하게 시켰다.

"그게 무슨 뜻이지요?"

"그건 말할 수 없어요. 이 말의 뜻은 우리 부족과 달의 精靈(정령)들에게만 허락된 비밀이랍니다."

기지로 돌아온 우주비행사들은 부족어로 말할 수 있는 사람을 수소문하여 마침내 통역할 사람을 찾았다. 통역자는 껄껄 웃었다.

'이 사람들이 하는 말은 한마디도 믿지 마세요. 이들은 당신들의 땅을 훔치러 왔어요.'」

• • •

"그런 면에서는 강형이 말이 맞긴 한데, 그렇다고 인류 역사를 정복의 역사로만 보기에는 문제가 있어요. 우리가 경험한 황금시대(the golden age)나 환족들의 중동지역 수메르나, 동방개척, 신대륙의 문명은 분명 정복의 역사는 아니었잖습니까?"

"그야 처음에는 자연 이외는 정복의 대상이 없었던 것이지요."

“어이구 그렇게 말하니 내가 할 말이 없어요…….”

“그래, 강 씨의 말도 일리가 있어. 하지만 인류 역사는 개척과 정복의 반복, 아니지, 개척과 정복이 함께한 역사일 수도 있고……. 그리고 정복이라 해서 그게 반드시 나쁜 역사는 아닐 거고, 강 씨? 자연도 정복의 대상이라고 보시는가?”

중국인 친구는 잠시 생각하다가 대답한다.

“음~ 대상은 아닐지라도 인간들이 자연환경을 극복하고 이기고자 노력하는 자체가 정복의 과정이 아닌가요?”

“강형은 인간이 자연을 정복할 수 있다고 생각해요?”

“나도 잘 모르겠습니다만 인류의 생존을 위해서라도 정복되어야 하지 않을까요? 인간을 위한 자연이 있는 것이지 자연을 위한 인간이 있는 것은 아니잖아요?”

“강 씨가 말하는 정복이란 인간이 자연을 지배한다는 의미이신가? 아무리 인간이 만물의 영장이라 하지만 그건 좀 과한 욕심일 것 같아요.”

“산을 깎아 도시를 만들고 바다를 메워 농토를 만들고 강물을 막아 댐을 만들어 홍수를 예방하는 것은 인간이 살기 위해 자연을 지배하는 거나 다를 바 없지 않습니까?”

“자연을 지배할 수 있다는 그런 생각 때문에 무분별한 개발과 자연 파괴로 재앙을 초래하고 있어요.”

"허허, 그렇지. 개발이냐 보존이냐? 건설이냐 또 다른 파괴냐? 아무튼 이는 우리 인류 발전사에서 항상 화두가 된 말일 거야. 인간은 다른 생명체와는 달리 자연을 이용하는 능력은 탁월하지."

"선생님 말씀이 맞습니다. 인간이 자연에 순응만으로는 인류가 이처럼 발전하지 못했을 것입니다. 인간은 자연에 순응이 아니라 적응하며 이용하였습니다. 한 걸음 더 나아가 이용할 뿐 아니라 필요하다면 변화시키고자 도전마저 아끼지 않았지요. 그게 다른 말로 표현한다면 정복인 셈이지요."

"그도 일리가 있는 말일세."

"그뿐인가요? 집 한 채 짓는 것도 자연을 파손하지 않고 지을 수 없으며 내(川)[천]를 쉽게 건너기 위해 놓는 징검다리 역시 있는 그대로의 자연으로는 될 수 없는 것입니다. 따지고 보면 인류의 발전사는 자연의 파괴 역사인 것입니다. 그게 자연의 입장에서는 파괴일지라도 인간의 입장에서는 정복인 것입니다. 자연을 정복하지 않고 어찌 피라미드나 뉴욕 같은 인류 문명이 있을 수 있을까요?"

"그것은 파괴가 아니라 이용이자 개발이고, 정복이 아니라 개척인 것이지."

언제가 중국의 어느 곳을 여행하면서 느꼈던 것이 생각난다.

『절경이고 장관이었다. 운무에 덮여 도대체 깊이를 가늠할 수 없는 신비감을 더해주는 계곡이나, 90도 각도의 깎아지른 절벽이 그렇고, 수백 미터 높이의 기암기석을 촘촘히 박아놓은 듯 치솟은 봉우리가 그랬다. 천혜의 절경이 아닌 다른 것에 경악에 이르는 또 다른 놀라움이 있었다. 그것은 절경을 볼 수 있게 한 인간의 노력과 흔적이었다.

1,600m의 산 정산까지 1시간 정도 타야 하는 케이블카, 그리고 수백 미터 높이에서 대롱대롱 매달리며 봉우리 사이를 오가는 아찔한 리프트.

재미있는 것은 케이블카의 출발지가 도심에 있어 주택지를 통과해야 하는데 우리나라 같으면 사생활 침해니, 도심경관 훼손이니 하며 불가능한 것이겠지만 사회주의 국가라서인지 그들에게는 전혀 문제가 되지 않는 모양이었다. 케이블을 연결하는 그 많은 철탑을 험준한 산악지대에 어떻게 세울 수 있었는지 내 상상력으로는 짐작이 가지 않았다.

케이블카와 리프트 때문에 고개를 쳐들고 보아야 했던 절경을 내려다보며 감상할 수 있었다.

400m의 절벽 바위 속을 뚫어 오르내리는 승강기. 기발한 발상과 바위 속을 뚫은 엄청난 작업이 그저 경이로울 뿐이었다. 수백 미터의 절벽에서 쏟아지는 장엄한 폭포. 그것이 감쪽같이 속인 인공폭포라는 말에 어안이 벙벙하였다. 정상을 향하는 경사각이 30도 이상이 되는 수백 굽이 비상 차로. 원래는 작업을 위해 만들어

진 비상도로였으나 관광코스의 한 부분이 되었다. 그 경사로를 관광버스의 질주 덕분에 관광객은 스릴을 만끽하는 즐거움보다 도착하면 살았다는 안도의 가슴을 쓰다듬어야 했을 정도다. 수천 길 계곡을 잇는 천애의 절벽에 그 벽을 깎아 길을 낼 수 없기에 선반처럼 일일이 난간 대를 박아 만든 길. 걷는 것만으로도 오금이 저릴 정도이고 아래로 내려 볼라치면 어지럽기까지 한 이 길은 너무나 위험하고 어려운 공사였기에 많은 사람이 희생되었다고 한다. 그 길의 안전성 여부는 제쳐두더라도 인간이 만들었다고 보기에는 너무도 무모한 작품이었다.

그것은 또 하나의 새로운 관광 상품이었다. 어쩌면 그들은 이것을 노리고 그처럼 무모한 공사를 하였는지도 모른다. 인간의 도전과 개척정신, 그것이 순수성을 지니지 못하고 또한 수많은 희생이 따랐다 할지라도 인간이 그 같은 일을 할 수 있었다는 것에 대해서 경외감을 감출 수 없다.』

• • •

"형님 자연을 개발의 대상으로만 생각하다 보면 우리가 살았던 이 땅은 언젠가는 인공물밖에 없는 삭막한 세상이 될지도 모릅니다. 그 세상이 어떻게 보면 지구의 종말일 수도 있고요."

"인간은 그렇게 어리석지 않다고 본다네. 자연을 이용하고 도전하는 능력을 가졌듯이 자연을 보호하고 지구를 보존하는 노력이 나 능력도 그에 못지않다고 봐. 그게 인간이 사는 길이니까 말일세.

보호나 보존이라는 것이 건드리지 않고 그대로 두는 것만이 능사가 아니라 이용하고 개발하는 것도 한 방법이 아닐까? 그 과정에서 자연과의 공존 또는 'Win-Win' 전략이 나오지 않을까 싶네,

그게 지구라는 생명체의 自淨力(자정력)이나 自生力(자생력)이 아닐까 하네만, 물론 그 기간이 얼마인가가 문제지만."

"기간이라뇨?"

"신령님의 말을 못 들었는가? 모든 생명체는 탄생과 소멸이 있다고 했는데 지구 역시 소멸이 있을게 아닌가? 그게 언제인지는 우리가 가늠할 수 없으니까 말일세."

"흐흐 형님, 아무리 짧아도 수백 년은 더 되겠지요?"

"동생, 지구의 수백 년이면 여기서 며칠일세!"

"아~ 그렇군요. 그러면 이곳의 달력으로 몇 년 만 되어도 지구는 수십만 년? 이쯤이면 인간으로서는 영원불멸입니다. 그러면 지구 종말을 걱정할 것 없겠습니다. 다만 그때까지 지금의 인류가 그대로 존재하느냐가 문제겠지요. 또 어느 시점에 다른 생명체가 이 지구를 지배할 수도……."

"지구의 종말이 곧 인류의 종말이 아닐 수도 있어. 지구에 왔던 외계인처럼 인류도 그때쯤이면 다른 행성으로 이주할 수도 있지

않을까? 물론 그분의 달력으로는 성숙기 가을철이라 했으니 휴식기인 겨울이 오기까지는 수천, 수만 년은 더 가겠지만……. 그 휴식기를 종교에 따라 종말이니, 심판이니 또는 개벽이라고도 하니 어느 것이 맞는지 봐야겠지?"

"그런데 선생님, 우리 여행이 15일간이라 했는데 며칠 남은 겁니까?"

"형님 그러고 보니 우리의 시간이 얼마나 지났는지도 모르겠습니다. 지구 달력으로는 얼마나 지났을까요?"

"나도 잘 모르겠어. 다만 우리는 아직 중간 계에 있기 때문에 또 다른 시간대가 있는 걸로 아는데, 암튼 때가 되면 데리러 오겠지. 그때까지 부지런히 여행하는 거지 뭐."

"맞습니다. 아직 가볼 곳이 많은데 다른 곳으로 가보시죠?"

중국인 친구가 재촉하듯 했다.

"그러세. 이왕이면 개척과 도전의 역사시대로 가는 게 어떨까?"

"개척과 도전의 역사라면 창업과 건국의 역사로 가야 하겠지요."

"단군왕검의 시대로 가봄세. 지난번 '가림토'나 '오성취루' 때문에 가륵단 군님과 흘달 단군님을 뵈면서 走馬看山(주마간산)격으로 단군조선을 보았지만 정작 단군조선을 창업하신 왕검님을 뵙지 못 했잖은가?"

"맞습니다. 곰의 자손으로만 알았던 단군께서 환인, 환웅님의 후손임을 알게 되었습니다만 생각지도 못했던 환인, 환웅 두 분께 정신을 쏟다 보니 직접 뵙지 못해 아쉬웠는데 잘 되었습니다."

달력을 조금만 돌리니 이어서 단군왕검의 시대가 왔다.

단군왕검께서는 배달국 마지막 환웅이신 단웅 천황과 熊族(웅족)의 나라 大邑國(대읍국) 熊氏王(웅씨왕)의 공주님 사이에 박달나무가 우거진 숲(神檀樹(신단수))속의 聖地(성지) 소도에서 태어나셨다.

단군왕검께서는 神人(신인)의 덕 이 있음인지 자질이 뛰어나고 총명하여 14세 때 외가인 대읍국의 裨王(비왕)(왕을 대리할 수 있는 직위)이 되어 38세까지 국사를 맡으시며 부족의 왕검이 되셨다. 대읍국의 웅씨왕이 전쟁 중에 죽자 왕검께서 그 자리를 승계하여 왕이 되셨다.

배달신시개천 1,565년 戊辰年(무진년)(단기 원년, 기원전 2,333년)에 배달국으로 돌아와 배달국의 수많은 왕검들 중 백성들로부터 천제의 아들 神人(신인) 왕검으로 추대 받았다.

이어 9환족을 하나로 통일하시고 아사달에 도읍을 정하고 새나라 단군조선을 창업하셨다.

그해 上月(상월) 삼일(10월 3일)에 신단수 성지에서 단군왕검께서는 조선의 개국을 선포하시며 단군의 칭호를 사용하면서 백성들을 위한 8가지의 가르침을 내리셨다.

"백성들이여, 우리는 선대의 환인, 환웅성조의 가르침을 받들고 하늘의 뜻을 계승하는 환족이니라. 나 왕검은 하늘을 공경하고 만백성의 무궁한 복록을 기원하고자 8가지 강령을 선언하노라."

• • •

'백성들이여! 하늘의 법도는 오직 하나이니, 순수한 정성으로 다져진 일을 가져야 상제님을 뵐 수 있느니라.'

'백성들이여! 자신의 마음을 미루어 다른 사람의 마음을 깊이 헤아릴지어다. 이는 하늘의 법도에 일치하는 것이니 이로써 만방을 다스릴 수 있게 되리라.'

'백성들이여! 너희를 낳으신 분은 부모요 부모는 하늘로부터 내려오셨으니 오직 너희 부모를 잘 공경하여야 능히 상제님을 경배할 수 있느니라.'

'백성들이여! 너희 남녀는 잘 조화하여 원망하지 말며, 질투하지 말며, 음행하지 말지어다.

'백성들이여! 열 손가락을 깨물면 그 아픔의 차이가 없듯이 형제간, 이웃 간 서로 사랑하며 헐뜯지 말고 해치지 말아야 집안과 나라가 번영하리라.'

'백성들이여! 소와 말들이 먹이를 서로 나누어 먹는 것처럼 서로 돕고 함께 일하고 양보하되 빼앗거나 도둑질 하지 말라, 그러면 나라와 집안이 번영하리라.'

'백성들이여! 하늘의 법을 항상 잘 준수하여 능히 만물을 사랑할지니, 위태로운 사람을 붙잡아주고 약한 사람을 능멸하지 말고

불쌍한 사람을 도와주고 비천한 사람을 업신여기지 말지어다. 너희가 이것을 어기면 영원히 상제님의 도움을 얻지 못하여 몸과 집안이 함께 망하리라.'

'백성들이여! 타고난 본성을 잘 간직하여 사특한 생각을 품지 말고 악을 숨기지 말며 남을 해치려는 마음을 가지지 말지어다.'

• • •

"동생, 왕검이라는 명칭이 단군왕검이 처음이 아니었구먼."

"배달국 13세 사와라 환웅 때부터 각 부족별 祭政一致(제정일치)의 체제에서 세속 정치를 담당하는 수장인 것 같습니다."

"음, 그러면 단군께서 신인왕검으로 추대 받았으니 다시 神政(신정)과 세속정치를 통합하여 제정일치체제를 더욱 강화하신 셈이네."

개국선언에 이어 단군께서는 여러 신하들에게 어명을 내리셨으니 彭虞(팽우)에게 토지를 개간케 하여 백성들에게 나누어 주고, 成造(성조)로 하여금 궁궐과 궁성을 짓게 하며 도읍을 건설케 하였다.

또한 臣智(신지)에게 글자를 만들어 백성들을 교화하고 환국과 배달의 역사를 기록케 하셨으며, 奇省(기성)에게 의술을 개발하고 베풀도록 하셨으며, 那乙(나을)에게 호적을 관장케 하시며, 복희씨의 후손인 羲(희)에게 천문 점성을 통한 나라의 길흉을 예보하는 卦筮(괘서)를 주관케 하시며, 치우천황의 후손인 尤(우)에게는 병마와 국방을 담당케 하셨다.

화백의 따님이신 황후에게는 누에치기를 맡겨 백성들에게 비단과 옷감을 공급케 하셨다.

나라가 번성하며 국토가 넓어지자 조선의 핵심강역의 천하를 진한, 번한, 마한의 삼한으로 나누어 통치하시니 곧 삼한관경제이며 5가 즉 牛加(우가), 馬加(마가), 鷄加(계가), 狗加(구가), 猪加(저가)와 64족이 삼한의 백성이 되어 이른바 삼한오가체제를 구축하셨다.

도읍지 아사달을 중심으로 서북쪽으로는 대흥 및 안령 산맥, 동으로 흑룡강, 남으로 북만주에 이르는 辰韓(진한), 진한의 서쪽 강역에서 남으로는 북경, 창해에 이르고 서북쪽으로 안령 산맥의 남서지방을 아우르는 番韓(번한), 그리고 북만주 백두산 동 압록(현재의 압록강 유역) 이하 탐모라(제주도)를 포함한 한반도 전역의 馬韓(마한)으로 나누셨다.

번한의 왕으로 치우천황 현손인 蚩頭男(치두남)을 마한의 왕으로 하면서 웅씨 국 왕족인 熊伯多(웅백다)를 마한의 수장으로 임명하시고, 진한의 왕은 단군왕검께서 겸하시면서 번한 왕과 마한 왕을 조선국의 좌우 副(부) 단군으로 삼으셨다. 그리고 72제후국과 分朝國(분조국)으로부터 조공을 받으며 티벳 지방과 시베리아 일대까지 옛 환국과 배달국의 강역을 아울렀다.

번한의 수도는 險瀆(험독)(지금의 하북성 개평 동북쪽 탕지보)이며 초대 치두남 왕 이래 위만에 의해 정권이 탈취당한 75세 기준 왕에 이르렀다.

마한은 달지국 백악강(지금의 평양)에 수도를 두어 36세 맹남왕에 이르러 箕詡(기후)가 번한의 왕으로 등극할 즈음하여 사실상 왕국이 해체된다.

마침 배달국 시절부터 조공을 하던 唐(당)(수나라 뒤를 이은 당이 아님)의 堯(요)가 덕을 잃어 영토분쟁이 끊이지 않자 왕검천자께서는 虞(우)나라의 舜(순)에게 당의 영토를 나누어 다스리게 하였으며, 군사를 보내 당을 정벌하고자 하니 요임금은 겁을 먹고 순에게 의탁하여 목숨을 보존하고자 나라를 넘겨주었다. 천자께서는 번한의 왕 치두남으로 하여금 虞(우) 나라 순의 정치를 감독케 하였다.

단군왕검 재위 50년에는 홍수가 범람하여 백성들이 편히 살 수 없게 되자 왕검께서는 풍백과 팽우에게 물을 다스리게 하시고 높은 산과 큰 하천을 잘 정비하여 백성들이 편안하게 거처토록 하였다.

"역시 백성들에게는 치산치수 잘 하는 것이 최고였습니다. 우리 중국에서도 9년 홍수를 순임금의 우공이 잘 다스렸다는 기록이 있습니다."

중국인 강 씨는 순임금의 우공이 홍수를 잘 다스렸음을 자랑삼아 말을 건 냈다.

그러나 그 실상은 순임금과 우공의 역할은 많은 차이가 있었다.

당시 이 무렵 순임금이 통치하는 우 나라에서는 9년 홍수로 그 재앙이 너무나 컸다. 순은 풍우를 관장하는 鯤(곤)에게 홍수를 다스리도록 하였으나 실패하자 죽음을 명하고 그 아들 禹(우)가 대를 이었으나 성공하지 못하였다.

이를 안타깝게 여긴 단군 천자께서 번한 왕에게 지시하여 도산에 제후들을 소집토록 하여 태자 부루를 보내 제후들과 순의 사신 虞司空(우사공) 우에게 치수 법을 전수케 하였다.

부루 태자께서는 '천자님의 거룩한 뜻을 어기지 말아야 가히 큰 공덕을 이룰 수 있을 것'이라며 상생상극의 원리가 담긴 오행치수법이 적힌 '金簡玉牒(금간옥첩)'을 내리니 우는 삼육구배하며 나아가 아뢰었다.

'삼가 천자님의 어명을 잘 받들어 행할 것이오며, 저희 임금께서 태평스런 정사를 펴실 수 있도록 잘 보필하여 삼신상제님께서 진실로 기뻐하시도록 지극한 뜻에 보답하겠나이다.'

왕검천자께서 하사한 치수 법으로 나라가 태평하게 되자 순은 천자께서 낭야 성(번한 왕 2세의 이름을 따서 지은 성)에 설치된 監虞所(虞 나라의 정치를 감독하는 기관)로 순행할 때마다 천자를 알현하고 천자의 은혜에 감읍하였다.

천자께서는 운사 배달 신에게 명하여 穴口(강화도)에 三神上帝님의 뜻을 전파하고 받드는 장소인 삼랑성을 건설케 하시며 마리산(지금의 강화도)에 제천단(塹星壇)을 쌓게 하시어 매년 3월, 10월 만백성들과 함께 친히 제천제를 올리셨다.

"강 형, 東巡望秩 肆覲東后라는 말을 아시오?"

홍수에 대하여 우공의 역할이 조선의 천자에 의 이루어졌음에 자존심이 심히 상했으나 동순망질 사근동후에 대해서 잘 아는 지라 강 씨는 흔쾌히 대답했다.

"잘 알고 있습니다. 요순시대를 공부하면 반드시 나오는 문구이지요. 서경에 나오는 말로 '순임금이 동쪽으로 순행하며 태산에 이르러 산천에 제사를 지내고 동방의 제후를 찾아뵈었다'는 뜻입니다."

"본 바와 같이 천자를 알현한 것인데 '동방의 제후'라니?!"

제후라는 말에 깜짝 놀라 내가 반문했다.

"后라는 글자 때문입니다. 후를 제후라고 해석하는 것이지요. 강 형도 단군왕검께서 제후로 보이십니까?"

"그럴 리가 있겠습니까? 그렇게 배웠을 뿐입니다. 그런데 지금 생각해 보니 后(후)가 諸侯(제후)의 뜻 이 아니라 군주나 임금의 뜻이었습니다. 앞의 覲(근)이란 말이 자전에도 ‘아랫사람이 윗사람을 찾아뵙는 것’을 뜻하며 특히 肆(사)는 극에 달하는 뜻도 있으므로 ‘천자를 뵈었다’고 해석하는 것이 맞는 것입니다. 중국의 기록이 틀린 것 같습니다.”

“중국에서는 아전인수 격으로 후를 諸侯(제후)로 해석하며 역사를 왜곡하고 있는 겁니다. 전형적인 尊華攘夷(존화양이)의 춘추필법인 것이지요. 그런데 말입니다. 저도 중국에서 말하는 대로 알고 있었습니다만 그동안 우리 유학자들이나 강단의 역사학자들도 그것을 무비판적으로 받아들이고 가르치고 있다는 것입니다.”

“동생, 요순이 성군의 대명사로 알고 있는 그들이 감히 그런 생각이라도 한다면 스스로 불경죄로 여길 텐데 엄두라도 내겠는가? 그만 하고 단군천자님들의 치세를 뵈러 가세나.”

왕검천자께서 재위 93년 3월 15일 세수 130세에 어천하시니 천하 백성들이 부모를 잃은 듯 슬퍼하였고 추모의 뜻으로 檀旂(단기)(조기를 뜻함)를 만들어 품에 지녀 천자님의 덕을 기렸다.

부루 단군에 이어 가림토 문자를 만드신 3세 가륵 단군께서는 재위 3년에 신지(사관) 고설에게 명하여 환국과 배달의 역사를 기록한 『배달유기』를 편찬케 하셨다. 그리고 재위 6년에 열양의 욕살(중앙정부에서 파견한 지방장관) 삭정이가 반란을 일으키자 약수 지방에 유배시켜 감옥에 종신토록 가두었다가 후에 용서하여 그

땅의 제후로 봉하시니 이가 흉노의 시조가 되었다. 또한 재위 13년엔 속국 夏(하)의 신하 羿(예)가 그 나라 3세 왕 태강왕을 쫓아내고 왕위를 찬탈하고는 조공을 바치지 않자 藍國(남국)과 진한, 번한의 군사를 동원하여 하나라를 정벌하고, 징벌하였으니 천하가 그 소식을 듣고 두려워 천자에게 복종을 맹세하였다.

재위 45년에 이처럼 많은 업적을 남기시고 붕어하셨다.

4세 단군 오사구 천자께선 38년간 재위하셨으며 등극하시자 곧 아우 烏斯達(오사달)을 몽골지방의 대 추장 蒙古里汗(몽고리한)으로 봉하셨으니 그 후예가 몽골족이었다. 재위 5년에는 가운데 구멍이 뚫린 조개모양의 화폐를 주조하여 재질에 따라 石貝錢(석패전), 銅(동)패전, 玉(옥)패전으로 불리었으며 각각의 값어치를 차등을 두어 물품거래의 기준을 삼으니 나라와 백성들의 경제활동에 큰 역할을 하였다.

오사단군께서 붕어하시고 계가출신의 구을께서 단군으로 추대되어 16년간 재위하셨다. 천자께서는 태백산에 제천단을 쌓게 하신 후 신하를 보내 제사를 지내게 하셨다. 재위 2년 5월 蝗蟲(황충)(메뚜기)이 하늘을 덮을 만큼 크게 번져 농작물을 망치자 천자께서 직접 황충을 입으로 삼키며 삼신상제님께 황충이 멸해지길 비니 며칠 만에 황충이 사라졌다.

재위 16년 친히 장당경에 순행하시어 삼신단을 봉축하시고 桓花(환화)(천지화 즉 무궁화)를 많이 심으셨다. 이어 남쪽으로 순수하시며 풍류강을 거쳐 송양에 당도하시자 돌연 병을 얻으시어 갑자기 붕어하시니 백악 강 인근의 대박 산에서 장례를 치렀다.

우가 출신 達門께서 6세 단군으로 옹립되시어 선제께서 못다 하신 환족의 통합과 치우천황의 웅지를 계승하여 강역이 동서로 5만 리요 남북으로 2만 리나 되었으며 태평성대를 이루셨다.

재위 35년에 여러 왕들을 常春(만주지역 장춘)의 구월산에 모아 함께 제사를 지내면서 사관 발리로 하여금 환국 배달의 동방문명 개창을 찬양하는 글을 올리게 하시니 이는 곧 '誓效詞'이다.

• • •

『아침 햇살 먼저 받는 이 땅에 삼신께서 밝게 세상에 임하셨고 (朝光先受地 三神赫世臨),

환인천제님이 일찍이 법을 내셔서 덕을 심음에 크고도 깊사옵니다. (桓因出象先 樹德宏且深).

모든 신들께서 의논하여 환웅을 보내셔서 환인천제님의 조칙을 받들어 새 나라를 여셨사옵니다.

(諸神議遣雄 承調始開天).

치우천황님은 청구에서 일어나 만고에 무용을 떨치셔서 회수 태산 모두 천황께 귀순하니 천하의 그 누구도 침범할 수 없었사옵니다.(蚩尤起青邱 萬古振武聲, 淮岱皆歸王 天下莫能侵).

단군왕검께서 하늘의 명을 받으시니 기쁨의 소리 구환(九桓)에 울려 물고기가 물 만난 듯 백성들이 소생하고, 풀잎에 부는 바람처럼 덕화가 새로워졌사옵니다.

왕검수대명 환성동구환 이수민기소 초풍덕화신
(王儉受大命 桓聲動九桓, 魚水民其蘇 草風德化新.

원한 맺힌 자 원한 먼저 풀어주고 병든 자 먼저 낫게 하옵고 일심으로 仁과 孝를 행하시니 사해에 광명이 넘치옵니다.

원자선해원 병자선거병 일심존인효 사해진광명
(怨者先解怨 病者先去病, 一心存仁孝 四海盡光明)

진한이 나라 안을 진정시키니 정치의 도는 모두 새로워졌고, 마한은 왼쪽을 지키고 번한은 남쪽을 제압하옵니다.

진한진국중 치도함유신 모함보기좌 번한공기남
(辰韓鎭國中 治道咸維新, 慕韓保其左 番韓控其南).

깎아지른 바위가 사방 벽으로 둘러있으나 거룩하신 임금께서 새 서울에 행차하셨사옵니다.

참암위사벽 성주행신경
(巉巖圍四壁 聖主幸新京).

삼한형세는 저울대, 저울추, 저울판처럼 같으니 저울판은 백악강이요 저울대는 소밀랑이요 저울추는 안덕향이라!

여칭추극기 극기백아강 칭간소밀랑 추자안덕향
(如秤錘極器 極器白牙岡, 秤幹蘇密浪 錘者安德向).

머리와 꼬리가 서로 균형을 이루니 삼각균형의 그 덕에 힘입어 삼신정기 보호하옵니다.

수미균평위 뢰덕호신정
(首尾均平位 賴德護神精)

나라를 흥성케 하여 태평세월 보전하니 일흔 나라 조공하여 복종하였사옵니다.

흥방보태평 조항칠십국 영보삼한의
(興邦保太平 朝降七十國, 永保三韓義).

기리 삼한관경제 보전해야 왕업이 흥하고 번성할 것이옵니다.

나라의 흥망을 말하기보다 삼신상제님 섬기는 데 정성을 다하겠사옵니다

왕업유흥륭 흥폐막위설 성재사천신
(王業有興隆 興廢莫爲設, 誠在事天神).』

• • •

환국오훈 신시오사
이어 桓國五訓과 神市五事를 친히 설명하셨다.

환국오훈이란 환인천제께서 나라를 다스림에 반드시 지켜야 할 다섯 가지의 가르침을 전한 것으로,

『매사에 정성과 믿음으로 행하여 거짓이 없게 하라(誠信不僞), 공경하고 근면하여 게으름이 없게 하라(敬勤不怠), 효도하고 순종하여 거역치 말라(孝順不違), 청렴하며 정의를 지키며 음란치 말라(廉義不淫), 겸양하고 화평함으로써 싸움을 하지 말라(謙和不鬪)』이다.

신시오사는 환웅천황께서 나라를 다스림에 필요한 다섯 가지의 기본적인 업무와 부서를 구분한 것으로

『농사를 주관하는 牛加, 왕명을 주관하는 馬加, 형벌을 주관하는 狗加, 질병을 주관하는 猪加, 선악을 가르치는 羊加』이다.

연후에 천자께서는 '제천의례는 사람을 근본으로 삼고, 백성들에게는 먹는 것을 우선으로 삼으며, 농사는 만사의 근본이며, 하늘과 조상에게 제사는 모든 가르침의 근원이며, 마땅히 백성과 함께 일하고 생산하되 무엇보다 겨레가 중함을 가르쳐야 하느니라.' 하셨다. 그리고 죄수와 포로들을 석방케 하였으며 사형을 없애도록 지시하는가 하면 읍락간의 경계를 명확히 하여 서로 침범치 않도록 하며 위반 시 엄히 다스리는 責禍제도를 지시하셨다.

그동안 임의적으로 시행하던 화백제도를 공식적이고 항구적인 제도로 삼을 것을 천명하시니 참석한 만조백관과 대소 제후들은 천자의 뜻을 받들 것을 엎드려 맹세하였다. 이때 참석한 제후들의 숫자는 큰 나라가 번한, 마한 두 나라요, 작은 나라가 남국, 고죽국

을 비롯한 스무 나라이며 그 외엔 크고 작은 3,624개의 읍락으로, 그야말로 상춘의 구월산은 인산인해이며 깃발은 산을 덮고 충성 맹세의 함성은 천지를 진동시켰다.

이듬해 달문천자께서 붕어하시니 온 천하가 슬픔에 잠겼다.

"신라의 화백제도가 여기서부터 유래 되었네그려~"

"만장일치. 가장 완벽한 민주제도가 아니겠습니까? 그게 잘 안 되니까 차선으로 제시된 것이 다수결이겠지요."

"허, 강 형 사회주의에서는 만장일치다 이런 건가요?"

동생의 날선 대꾸에 강 씨는 얼버무리듯 말한다.

"글쎄요, 그게 자의적인 만장일치인지는 좀 의심스럽습니다."

"다수결은 결정에 승복한다는 것이 전제되어야 하는데 현실은 그게 아닌 것이 문제지. 소수의 권리를 내세우다 보면 허구한 날 충돌만 있는 거지. 상부상조하며 상생의 길을 가야 하는데 말이야."

"그 길이 무엇일까요?"

"나는 말일세, 우리말 중 '이, 가, 은, 는'이라는 토씨보다는 '~도'라는 토씨를 많이 쓴다면 좋을 것 같아."

"무슨 뜻이죠?"

"모르겠는가? '내가 잘 살아야 한다.'는 것은 다른 사람은 제외한다는 뜻이 내포된 것이고 '나도 잘 살아야 한다.' 하면 다른 사람도 함께할 수 있다는 뜻이 아니겠는가?"

"그렇군요, '노동자, 농민이 잘 사는 세상'이 아니라 '노동자, 농민도 잘 사는 세상' 아주 멋진 말입니다."

"두 분께서 만장일치 하셨습니다."

중국인 친구의 말에 모두 큰 소리로 웃었다.

그사이 7세 단군으로 등극하신 翰栗(한률)천자님은 서효사를 새겨(神誌秘詞(신지비사)) 각국에 전파하고 후세에 전승하도록 하는 등 선제의 위업을 계승하며 재위 54년 간 태평성대를 이끄신 후 하늘로 돌아가셨다.

"『삼국유사』와 단재 선생께서 조선상고사에 언급한 신지비사를 실제로 보게 되었습니다만 이런 것을 학생들에게 가르치지 못한 게 아쉽습니다."

"아니 땐 굴뚝에 연기가 날 리 없는데 나는 신지비사라는 말도 들어보지 못했네만 기록에 있는 내용만이라도 가르쳐 보지 그랬나? 하기야 고조선 자체를 부정하고 있으니 언급도 못하였겠지."

태자 于西翰(우서한)께서 8세 단군으로 등극하시며 농사법과 관개방법을 개량하시어 수확을 배가시켰으며 생산량의 20분의 1을 내는 廿一稅(입일세)세법을 정하시어 백성들의 배부름을 더하게 하셨다.

"아, 입일세가 이때 만들어졌군요."

강 씨가 뜬금없이 감탄하듯 말했다.

"십일세는 들어봐도 입일세는 처음 듣네만……."

"전국시대 송나라(전국시대)의 白圭(백규)가 맹자에게 입일세를 하겠다며 맹자의 의견을 물으니 맹자는 '그 제도는 貊(맥)의 도'라고 대답했는데 그 맥이 바로 단군조선을 뜻한 것이었군요."

"그렇구나, 그 송나라는 입일세를 하였는가?"

"시행하지 못한 걸로 압니다. 맹자가 말하기를 貊(맥)에는 생산량이 많아 그렇게 할 수 있으나 송은 생산량이 많지 않기 때문에 자칫 나라가 궁핍해질 수 있다는 이유이지요."

"허허~ 20분의 1의 세금으로 나라가 운영되었다니 진정 태평성대일세~"

재위 7년에는 태양의 신으로 받드는 三足烏(삼족오))가, 떠오르는 태양과 함께 제단이 있는 동산(苑(원))에 날아들어 큰 나래를 펴고서 神壇(신단)을 감싸주듯 하여 뭇 백성들은 천손의 후손임을 자랑스럽게 여겼다.

등극할 때 이미 연로하셨던 천자께서는 재위 8년에 승천하시고 태자 아술께서 즉위하시니 9세 단군 阿述(아술)천자이시다.

> "~집 한 채 짓는 것도 자연을 파손하지 않고 지을 수 없으며 내(川)를 쉽게 건너기 위해 놓는 징검다리 역시 있는 그대로의 자연으로는 될 수 없는 것입니다. 따지고 보면 인류의 발전사는 자연의 파괴 역사인 것입니다.~"

일본으로 건너간 蘇塗(소도)

우술천자께서 즉위하신 후 선왕의 덕을 기리고자 죄수들을 방면하셨고 위법을 저지른 백성에게도 '오물구덩이가 비록 더러우나 비와 이슬은 가리지 않고 내리느라.' 하시고 죄를 논하지 않으셨다. 위법한 자가 그 덕에 크게 감화되어 스스로 천자님의 덕을 널리 퍼뜨리니 모든 백성들이 천자님을 숭앙하였다.

그러나 이듬해 창해 욕살 宇捉(우착)이 군사를 일으켜 왕궁을 침범하니 단군께서는 상춘으로 피난하여 구월산 남쪽 기슭에 궁궐을 짓고 임시로 도읍을 옮긴 후 우지와 우속을 보내 우착을 토벌케 한 후 3년 만에 환궁하셨다. 환궁하시어 30년간 덕으로 통치하시어 태평성대를 이루시다 재위 35년에 붕어하시고 우가 출신의 魯乙(노을)단군께서 추대되셨다.

노을천자께서는 재위 59년이었다. 재위 중 궁문 밖에 伸冤木(신원목)을 세우고 백성들의 억울함이나 하소연을 호소할 수 있게 하여 백성들의 삶을 구석구석 몸소 챙기시니 백성들의 칭송이 자자했다.

재위 16년에는 동문 밖 10리 길에 땅에서 연꽃이 피는가 하면 天河(천하)(바이칼 호수)에서는 등판이 윷판 모양과 같은 신령스런 거북이 출현하여 국운이 융성할 길조라고 만백성들이 좋아하였다. 그랬음인지 발해 연안에서 금광이 발견되어 13석(130말)이나 되는 금괴를 채굴하여 나라의 재정을 더욱 튼튼하게 할 수 있었다.

11세 단군 道奚(도해)천자는 노을천자의 태자였으며 57년간 나라를 다스리셨다.

등극원년에는 오가에 명하여 불함산, 백악산 등 12개 명산 가운데 가장 아름다운 곳을 택해 국선소도를 설치하여 그 둘레에 박달나무(壇樹(단수))를 심었고 그중 가장 큰 나무를 환웅천황이 상주하신다는 뜻으로 雄常(웅상)이라 이름하며 3월과 10월에 상제님께 제사를 올리셨다.

국자랑을 가르치는 사부이자 스승이었던 有爲子(유위자)의 헌책으로 환웅을 모시는 성전을 건축하여 大始殿(대시전)이라 이름 지으니 그 모습이 지극히 웅장하고 화려하였다.

대시전 신단수 아래 桓花(환화)속에 정좌하신 환웅의 모습은 머리 위에 광채가 찬란하여 마치 태양이 온 우주를 환하게 비추는 듯했다. 손에는 천부인을 쥐고서 자애로운 눈빛으로 내려다보는 모습이 실로 살아계시는 신의 모습이셨다.

대시전 누각에는 천·지·인이 하나임을 뜻하는 大圓一(대원일)(거발환의 상징 표식 ⊕)깃발이 나부꼈으며 천자께서는 그 깃발을 초대 환웅의 또 다른 이름이신 거발환이라 명하셨다. 이는 하늘과 땅 그리고 인간이 우주광명 속에 하나 되는 것을 의미한 것이다.

대시전이 완성되자 천자께서는 삼 일 동안 齋戒(재계)후 뭇 백성들에게 '인류의 시원국가인 환국으로부터 내려오는 상제님의 신교문화를 받들고 환웅의 홍익이념의 진리를 깨달아 마음에 아로새기고 생활화하여 진정한 환국, 배달의 후예가 되라'는 내용을 이레 동안 강론하시니 그 덕화의 바람이 사해를 움직였다.

또한 천자께서는 그 내용을 정리하여 돌에 새겨 만방에 전하도록 하였으니 이른바 念標文(염표문)으로 그 내용은 아래와 같다.

『하늘은 아득하고 고요하며 광대하도다. 그 도는 두루 미치어 원만하고 그 하는 일은 참되어 만물을 하나 되게 하느니라!

(天(천) 以玄默爲大(이현묵위대) 其道也(기도야) 普圓(보원) 其事也(기사야) 眞一(진일)).

땅은 하늘의 기운을 모아서 위대하나니 하늘의 도를 본받아 원만하고 그 하는 일은 쉼 없이 길러 만물을 하나 되게 하느니라!

(地(지) 以蓄藏爲大(이축장위대) 其道也(기도야) 效圓(효원) 其事也(기사야) 勤(근))

인간은 지혜와 능력이 있어 위대하도다. 사람의 도는 천지의 도를 선택하여 원만하고 그 하는 일은 서로 협력하여 더 크고 하나 된 세계를 만드는 데 있느니라!

(人(인) 以知能爲大(이지능위대) 其道也(기도야) 擇圓(택원) 其事也(기사야) 協(협))

그러므로 삼신께서 참마음을 내려주셔서 사람의 성품은 삼신의 대 광명에 통해 있으니 삼신의 가르침으로 세상을 다스리고 깨우쳐 널리 인간을 이롭게 하라!

(人(인) 以知能爲大(이지능위대) 其道也(기도야) 擇圓(택원) 其事也(기사야) 協(협))』

• • •

천자께서는 농산물의 생산을 장려코자 각지의 특산물을 모아 진열케 하니 천하 백성들이 다투어 농산물을 많이 생산하여 산처럼 쌓였다.

더불어 송화 강변에 배, 노, 器物(기물) 등을 생산하는 제조창을 만들어 나라와 백성들에게 두루두루 쓰이게 하였다.

재위 38년에는 처음으로 장정을 대상으로 일정기간 징집제를 실시하여 상비군을 운영하면서 외침 등에 대비하셨다.

같은 해 지식이 풍부한 선비 20명을 뽑아 속국 夏(하)나라에 파견하여 천부경, 서효사, 염표문 등 國訓(국훈)을 가르치게 하시어 나라의 위엄과 명성을 드높였다.

재위 57년에 붕어하시니 만백성이 통곡하기를 부모같이 하였다.

뒤를 이어 우가의 阿漢께서 12세 단군으로 추대되어 등극하셨다.

천자께서는 등극 초기에 전국을 순행하시다가 요하(현재의 난하)서편에 이르러 역대제왕의 명호가 기록된 巡狩管境碑(순수관경비)(조선의 국

경지대 표시)를 나라 문자(가림토)로 새겨 세우고 이어 사방 국경에 관경비를 세우게 하여 나라의 강역을 확고히 하셨다.

"음~ 창해역사가 비석을 보고 시를 지었다는데 이 비석 순수관경비를 말하는 모양이네."

동생이 골똘히 생각하더니 중얼거리듯 한 말이었다. 이어 중국인 친구에 말을 건넸다.

"강 형, 滄海(창해) 力士(역사)를 아시오?"

"창해역사라니?"

내가 되물었다.

"알다 뿐 입니까? 진시황을 암살하려다 실패한 120근의 철퇴를 지닌 괴력의 무사 黎洪星(여홍성) 아닙니까?"

"맞아요. 그 여홍성이 이곳을 지나다 이 비석을 보고 시를 지었는데 詩文(시문)은 생각나지 않지만 이곳에 단군이 다스리던 흔적이라는 내용이 있었다는데..."

"여홍성? 옛날 중국 무협영화에 진시황 암살에 대한 영화를 몇 편 보긴 했지만 여홍성은 처음 듣네만."

"제가 말씀드릴게요. 지금부터 천오백 년 후에 나오는 얘기입니다만 『사기』, 「留侯世家(유후세가): 유후는 장량의 호」에 의하면 始皇(시황)의 秦(진)이 楚(초), 燕(연), 齊(제), 趙(조), 魏(위), 韓(한)을 멸하고 천하의 패권을 잡자 한나라의 장량이 망국의 한을 품고 조선에 구원을 청하였지요.

이때 왕모병이라는 사람이 창해역사 여홍성을 소개해 주었는데 여홍성이가 순행 중인 진시황의 마차를 저격하였으나 수행원 마차만 부수고 진시황을 죽이지 못한 사건입니다. 여기에 강형이 말한 단군의 지명이 나오긴 한데,"

"그러고 보니 들은 것 같구먼, 그런데 창해가 어디지?"

"우리나라 강릉 지방으로 회자되고 있습니다. 강릉에 가면 창해역사를 기리는 비도 있습니다. 옛날에는 하슬라라 했습니다만 이를 두고 강릉이라 한 것 같습니다."

"강릉이라니? 그러면 강릉에서 여기까지 수 천 리를 왔다는 말인가?"

"저도 그게 좀 이상합니다. 강형은 창해가 어디라 알고 있어요?"

"이 역시 한참 후의 얘기입니다만, 한 무제가 조선족인 南閭(남려)와 濊君(예군)이 (위만)조선에 반기를 들고 귀순하자 그 지역에 창해군을 설치했지요. 당시 연나라와 제나라의 중간에 위치하여 지금의 발해만 지역을 얘기합니다."

"그렇지, 발해만이라면 여기서 가까우니까 이해가 되네."

"형님, 이건 아무래도 고조선이나 한사군의 위치를 한반도로 끌어들이고자 하는 일본 식민사학자들의 반도사관의 음모인 것 같습니다. 과거에는 무심코 넘겼는데 여기 와서 보니 사실이 왜곡되었음 알게 되었습니다."

"강릉이 좋다 말았네만 아닌 건 아니지."

• • •

천자께서는 재위 29년에 청아욕살 비신과 맥성욕살 돌개 그리고 (서)옥저 욕살 고사침을 임금에 준하는 제후(汗)로 봉하셨다.

"동생 우리가 지난번에 낙랑공주 때문에 갔던 곳이 옥저였는데 한반도에만 있는 줄 알았는데 여기도 옥저가 있네그려."

"『삼국유사』 발해 조에 (만리)장성 남쪽에 옥저가 있다고 했는데 이를 두고 한 말인 것 같습니다."

중국인 강형은 옥저에 대해 여러 가지 말을 하고 있다.

"옥저라는 말은 '울창한 삼림이 있는 곳'이란 뜻인데 이곳 말고도 지역별, 시대별로 몇 군데 더 있습니다. 삼국지나 후한서 등 우리 중국 역사에 동옥저, 남옥저, 북옥저 등으로 등장하고 있습니다. 동옥저는 조선반도 북쪽인 것 같고 북옥저는 치구르 지역이고 남옥저는 북옥저에서 800리나 떨어진 요동반도 부근이고요."

"그러면 동옥저가 우리가 봤던 그 옥저인가?"

"동옥저도 이곳 (서)옥저가 위만정권 당시 한반도로 이주 하여 다시 부활시킨 것일 수도 있습니다."

"그러면 이곳 옥저가 1,500년 이상 조선의 제후국으로 존재했다는 건가? 대단하구먼, 그런데 왜 우리는 한반도에 있는 옥저만 알고 있지? 지역이 다르고 정치 단위도 다른데, 누군가 장난질한 것 같아. 꼭 공산주의자들이 쓰는 용어혼란 전술처럼 말이야."

등극하신 지 52년에 붕어하시고 우가출신 屹達(흘달)단군께서 즉위하셨다.

13세 흘달 천자께서는 나라의 지방 조직을 州縣(주현) 체제로 정립하시고 관직을 분리하여 벼슬아치들이 겸직치 못하도록 하여 관리들의 권한남용을 제도적으로 막으셨다.

모든 정치는 법도를 넘어서지 못하게 함으로써, 관리들은 물론 백성들은 스스로 법을 따르면서 각자의 생업에 만족하며 천자를 칭송하는 노래 소리가 나라에 넘쳐흘렀다.

재위 16년 겨울, 제후국인 하나라의 桀王(걸왕)이 신흥 은나라의 침입을 받아 구원을 요청하자 천자께서는 읍차 말량에게 군사를 주어 돕게 하시면서 두 나라의 전쟁을 중지토록 하셨다. 이에 은의 임금 湯(탕)은 사세가 불리함을 깨닫고 천자께 사죄하며 천자의 주재로 두 나라가 불가침맹약을 한 후 서로 군사를 돌렸다.

그러나 왕비 妺喜(말희)의 치마폭에 싸여 주지육림에 폭정을 일삼던 하의 걸왕은 맹약을 어기고 은나라를 공격하므로 천자께서는 대노하여 은나라와 함께 걸왕을 치니 마침내 하나라는 멸망하였다.

"아, 설마 했던 주지육림이 사실이었군요. 그리고 傾國之色(경국지색)이란 말이 실감나는군요."

"강 형, 중국에는 경국지색이 많지요? 한낱 여자 때문에 나라가 망하는 경우가……."

"그렇습니다. 하나라를 멸망시킨 은나라도 紂王(주왕)의 妲己(달기)라는 여인 때문에 망했고, 周(주)나라 幽王(유왕)은 褒姒(포사) 때문에 나라가 망했지요."

"달기 때문에 炮烙之形(포락지형)이란 말이 생겼다지요."

"예, 천하의 독부라 알려졌지요~"

강 씨는 달기와 포사에 대해 내가 궁금해 하자 두 사람에 대한 얘기를 해주었다.

"허허, 자고로 임금이 주색에 빠지면 나라가 망하는 법이라지만, 주색에 빠진 임금이 나라를 망하게 한 거지, 여인이 망하게 한 것은 아니지 않는가?"

"형님, 그게 그거죠 뭐, 미색에 안 넘어 갈 남자가 있던가요?"

그사이 천자께서는 은밀히 책사 신지 우량을 동이 9족의 하나인 畎軍(견군)에 보내 낙랑군사와 합세하여 關中(관중)(지금의 섬서성)의 邠(빈)(섬서성 순읍현의 동쪽)과 岐(기)(섬서성 기산현의 동북쪽)를 점령하여 관청을 설치하고 통치토록 하셨다.

재위 50년, 오성취루의 축제 현장을 다시 보아도 그 감동은 그대로였다.

"하나라 은나라가 조선의 제후국이었다니……."

중국인 강 씨의 푸념 조 말이었다.

누군가가 내 어깨를 잡았다. 돌아보니 신령님이다.

벌써 기간이 끝났음인가 싶어 아쉬운 표정으로 쳐다보았다. 다른 두 사람도 똑같은 표정이었다.

"벌써 끝났습니까? 아직 가볼 곳이 많은데……."

"아닐세, 아직 시간은 많아. 자네들과 함께 여행하고 싶다는 혼이 있어 데려왔다네."

그러고 보니 신령님 옆에는 웬 남자 한 사람이 서 있었다. 우리와 같은 동양인이었다. 나이는 30대 초반쯤으로 보였다.

"안녕하십니까? 겐조라 합니다. 역사에 관심이 많았는데 마침 선생님들과 동행하게 되어 기쁘게 생각합니다."

"일본에서 오셨군요. 반가워요 겐조 씨, 난 한국에서 온 복가입니다."

"환영합니다. 난 중국서 온 강이라 합니다. 재미있는 여행일겁니다."

"난 김가 사람이요. 저 사람처럼 한국에서 왔는데 이제 동양 삼국이 다 모여 더욱 재미있는 여행이 되겠어요."

한 사람씩 악수하며 인사말을 나누던 일본 친구가 놀란 표정을 지으며 한 마디 했다.

"선생님들 일본말을 무척 잘하십니다!"

우리는 그 말을 듣자마자 크게 웃었다.

"우리가 일본말을 잘 하는 게 아니라 겐조 씨가 한국말, 중국말

잘하는 거요!"

중국인 친구가 한 마디 거들자 일본인은 더욱 어리둥절한 표정이었다.

옆에서 바라보던 신령이 설명을 해주자 일본이 친구는 겸연쩍은 모습으로 연신 고개를 조아렸다.

신령은 때가 되면 데려오겠다며 흔적 없이 사라졌다.

일본 친구는 동경대학에서 역사학 박사과정에 졸업을 앞두고 결혼하였는데, 신혼여행 중 강도를 만나 총에 맞아 아내는 살고 자신은 죽었다고 했다.

"쯔쯧 젊은 나이에 안타깝군, 겐조 군. 여기 모두가 안타까운 죽음들이지만 어쩌겠는가? 각자의 운명이라 생각하고 새 세상에서 다른 삶을 사는 거지. 공부를 하다가 왔다 했으니 여기서 못다 한 공부를 다시 해보시게나. 우리는 많은 것을 배우고 있다네."

"저도 그러고 싶어 심판장 신령님께 얘기했더니 여러분을 만나게 된 것입니다."

"잘 왔어요. 아~ 나의 막내동생벌 되는데 형씨를 동생이라 불러도 되겠어요?"

강 씨의 제안에 일본인은 좋다고 했다. 그러면서 동생과 나에게도 형님으로 모시겠다며 예의를 갖추는 것이다. 이에 강 씨도 동생과 나에게 작은형님, 큰형님으로 모시겠다며 화답했다. 엉겁결에 내가 막형이 된 셈이다. 중국인 친구가 이제 서야 나를 형님으로 생각하는 모양이다.

"막내, 여기가 어딘 줄 아시겠는가?"

"그렇지 않아도 궁금했는데 여기가 어디죠? 작은 형님."

"옛 조선국 14세 단군 高弗(고불) 천자님 시대일세."

"예?! 단군조선이라고요? 단군조선이 맞습니까?"

"단군조선을 아는가?"

"예, 작은 형님. 제가 일본 고대사를 연구하다 보니 한국고대사와 연관되는 부분이 많아 고조선도 단편적으로나마 알고 있습니다만 실재한다니 놀랍습니다."

"단군뿐만 아니라 배달, 환국도 실재하던 걸!"

둘째인 중국인 친구가 신이 나듯 한 말이다.

배달과 환국에 대해 막내는 믿기지 않는 표정을 하며 여행에 동참하였다.

재위 56년에 천자께서는 전국 사방으로 관리를 보내 호구조사를 실시하셨으니 백성들의 숫자가 1억8천만이었다.

고불천자에 이어 代音(대음) 천자께서 15세 단군으로 대통을 이으셨다. 재위 2년에 창해 蛇水(사수)땅(발해만 일대)에 큰 홍수가 나 많은 백성이 피해를 입게 되자 왕경의 곡식을 풀어 구제하셨고 그해 겨울에는 12환국 중 양운, 수밀 두 나라에서도 방물을 바쳤다.

재위 28년에는 태백산(백두산)에 오르시어 옛 성조들과 제후국 왕들의 공적을 새긴 비석을 세우셨으며 재위 40년에는 아우 대심을 南鮮卑(남선비)(내 몽골지역)국의 추장으로 봉하셨다.

재위 51년에 붕어하사 우가 출신 慰那(위나)께서 16세 단군으로 즉위하셨다. 위나 천자께서는 재위 28년에 아홉 환족의 모든 왕을 도읍지 아사달의 소도(寧古塔(영고탑))에 부르시어 삼신 상제님께 천제를 올리고 환인천제, 환웅천황, 치우천황, 단군왕검천자를 配享(배향)하셨다. 그리고 5일간 큰 연회를 베풀어 백성과 함께 불을 밝히고 밤을 새워 천부경을 奉頌(봉송)하며 마당 밟기를 하셨다.

• • •

여느 백성들은 횃불을 줄지어 밝혀 신단수를 가운데 두고 손잡고 둥글게 춤을 추며 천지 화를 기리는 노래 愛桓歌(애환가)를 불렀다.

『산에는 꽃 피네, 꽃이 피네.
지난해 만 그루 심고 올해도 만 그루 심었어라.
봄이 찾아와 불함산 꽃이 온통 붉으니
상제님 섬기고 태평세월 즐겨보세.』

"큰 형님, 저 춤이 조선의 강강술래와 너무도 흡사합니다. 한편으로 미국 인디언들의 고스트 댄스(Ghost Dance)와도 닮았고요."

막내도 신이 나듯 어깨를 들썩이며 말했다.

"아하, 막내는 처음 보겠구먼, 환국 배달이래 수천 년 내려오는 춤일세."

내가 한 마디 거들어 주었다.

"수천 년 내려온 춤이라 했습니까? 지금 이 조선국 보다 수천 년 전에도 나라가 정말 있었습니까?"

"막내, 그게 환국과 배달이라는 나라야. 여기서 보는 조선은 앞선 두 나라의 종통을 이어온 나라인 셈이지. 소도는 우주만물을 주관하시는 상제님을 모시는 성소이고."

둘째가 마치 갓 전입한 신병에게 가르치듯 말한다.

"사실 일본의 神社(신사)가 조선의 소도에서 유래된 것이고 일본의 고유 종교인 神道(신도) 역시 조선의 제천행사의 풍속에서 온 것이라고 주장하던 학자 동경대 구니다케 교수도 있었습니다만 여기서 보니 그 주장이 사실인 것 같습니다."

"그렇겠지. 이들 후손들이 일본으로도 이주하였을 테니."

"아, 생각난다. 연전에 대마도에 역사문화탐방을 한 적이 있는데 祭祀(제사)를 지내는 신성한 장소를 솟도(そっと: 蘇塗(소도) 땅끝)라고 하였어. '솟도'와 '소도' 같은 뜻 아닌가?

첫째 동생이 힘주어 말했다.

“맞습니다. 소도에서 유래된 것이 확실합니다. 그리고 솟도가 진자(じんじゃ: 神社)로 변하면서 신사 입구에 있는 상징물인 도리이(とりい: 鳥居)는 새가 머물고 있다는 뜻으로 소도의 솟대 역할을 하는 것이 분명하군요.”

“그러면 천신을 모시는 신단수(神壇樹, 神檀樹)도 있겠네 그려? 여기에서는 천신이자 환웅천황님이 계신다는 뜻으로 그중 가장 큰 나무를 雄常이라고 한다만.”

내가 되묻듯이 말했다.

“그렇군요. 일본에서는 히모로기(ひもろぎ: 神籬)라 하는데 다시 말해서 신이 살고 있는 곳이라는 뜻입니다. 그런데 재미있는 것은 그 신이 곰(熊)입니다.”

“곰? 그것도 혹시 배달국의 곰 부족의 여왕 熊神에서 유래된 것 아닌가?”

이번엔 둘째가 되물었다.

“저도 공부를 하면서 그 같은 생각을 하였는데 작은 형님의 말씀이 맞는 것 같습니다. 그런데 그 신이 신라왕자 天日槍이 가져온 7가지 神物 중의 하나입니다.”

“천일창? 동생, 천일창이 누구인가? 들어본 적 있는감?”

나는 첫째 동생에게 물어 보았다.

“저도 처음 듣는 얘기입니다.”

"우리 일본 11세 스이닌(垂仁)왕의 기록에 나온 얘기입니다만 무엇 때문인지 제가 『삼국사기』 등 신라의 기록을 찾아봐도 그에 대한 기록은 없더군요."

"그야 『삼국사기』나 『삼국유사』이외의 책에는 있을 수도 있겠지. 가령 지금 현존하지 않지만 거칠부가 쓴 『국사』 같은 책에는 있을 수 있겠지."

"일본에서 만든 조작된 인물이 아닌가?"

중국인 동생이 불쑥 꺼낸 말이다.

"조작은 아닌 것 같습니다. 다만 왕자가 왔다는 시기인 스이닌왕의 재임기간이 백여 년 차이가 있다는 논란이 있긴 합니다."

"아, 그러고 보니 생각나네. 일본 역사가 조선보다 짧다는 열등의식 때문에 이를 극복하고자 일본 왕가의 재위기간을 120년 앞당겼다는 일본 학자의 주장을 본 적이 있어."

"스다 소우키치 라는 교수입지요."

첫째의 말이 끝나기도 전에 막내가 한 말이다.

막내가 말하자 곧 둘째가 묻는다.

"그런데 일본 왕과 신사와는 무슨 관계이지? 그리고 신사는 일본 사람들에게는 어떤 의미인가?"

"모든 고대 국가에서는 비슷하겠습니다만 우리 일본도 왕과 神은 같은 개념입니다. 천손의 왕이 천신을 받들고 섬기는 것이니

왕과 신은 같을 수밖에 없겠지요. 일본인은 그 신을 받드는 것을 神道(신도)라고 합니다. 일종의 종교라고도 할 수 있지만 모든 종교의 상위개념으로 생각하는 거죠. 때문에 일본인은 교회나 절에 다녀도 신사에 별도로 참배하고 있는 것입니다. 신사는 일본인들의 정신적인 고향이며 신사참배는 생활의 일부입니다."

"흠 그래서 일본에는 10월이면 신들의 축제로 야단인 모양이지."

"맞습니다. 큰 형님, 매년 10월이면 신을 맞이하는 행사가 있습니다. 그런데 지역별로 '가미아리즈키かみありづき: 신이 있는 달(神有月(신유월))', '간나즈키かんなづき: 신이 없는 달(神無月(신무월))'로 불리고 있습니다."

"그건 또 무슨 말인가? 가미아리즈키?, 간나즈키?"

"흐흐, 둘째 형님, 문화 탐방하시면서 들어보신 적 없어요?"

"기억이 잘 안 나는데."

"일본에는 10만 가까운 신이 있는데 10월 10일이 되면 전국의 모든 신들이 이세신궁(伊勢神宮(이세신궁): いせじんぐう)에서 7일간 모임을 갖는데 이세신궁 입장에서는 '신이 있는 달(가미아리즈키)'이 되고 다른 지역에는 '신이 없는 달(간나즈키)'이 되는 거지요.

때문에 이세신궁에서는 신을 영접하고 신이 계심을 축하하는 행사가 열리는 반면, 다른 지역에서는 신이 무사히 돌아오기를 기원함과 동시에 신의 감시나 통제에 잠시 벗어나 逸脫(일탈)을 즐기는 행사를 벌입니다."

"이거 재미있구먼, 우리 한국에서도 그런 풍속이 있지 영동 할멈이나 윤달 같은 거지."

"그게 무엇입니까?"

둘째와 막내가 동시에 물었다.

"음력 2월, 소위 꽃샘추위의 날이라 하지만 민간 신앙에는 영동 할멈(竈王母[조왕모], 竈王神[조왕신])이 바람을 타고 상제님께 올라가기 때문에 그 바람 때문에 춥다는 거지.

할멈께서 상제님께 가는 이유인즉, 상제님으로부터 인간들의 1년간의 일을 살펴 보고하라는 명을 받아 섣달 그믐날 밤에 몰래 내려와 행적을 조사하는데, 이때 인간들은 몰래오는 할멈이 혹시 못 찾아올까 봐 온 집안에 대낮같이 불을 켜두고 기다린다네. 또한 행여나 볼 수 있을까 하여 뜬눈으로 지새우기도 하지. 만나면 이런 저런 하소연과 소원을 빌어보고자 함이겠지.

한 달 동안 조사한 내용을 보고하기 위해 2월 초하루 영동 바람을 타고 상제님께 가는 것이야. 그래서 2월을 바람의 달이라 하는데 이때 결혼을 하면 남자나 여자나 바람을 잘 피운다 해서 결혼을 하지 않는 풍습이 있지만,

제주도에서는 이때가 이사철이야. 그 이유는 손재수가 없는 달이기 때문이라지만 실은 할멈이 각각의 잘못한 것을 상제님께 일

러바친 것 때문에 이사를 하면 찾지 못할 것이라는 생각 때문일 거야. 허허~~.

윤달도 마찬가지, 윤달은 덤으로 생긴 달인지라 소위 감독하고 주관하는 신이 없는 달이기도 하지. 그래서 이때 移葬(이장)을 하는 등 궂은일을 해도 不淨(부정)을 타지 않는다고 하는 거지. 아마 '損(손)' 없는 날이라는 게 '신' 없는 날에서 유래된 것 같아. '손'과 '신'이 발음상 비슷해서.... ㅎㅎ"

"듣고 보니 그럴 듯합니다."

첫째의 말에 모두들 고개를 끄덕였다.

"막내, 그런데 왜 하필이면 '이세신궁'으로 가는 거지?"

"거야 물론 천황이 있는 곳과 가까운 곳이니까요. 원래는 시네마현의 出雲大事(출운대사)('이즈모오호야시로いづもおほやしろ' 혹은 '이즈모 타이사いずもたいしゃ')에서 모였습니다만 메지유신 이후 이세신궁으로 옮겼습니다. 큰 형님."

"그래 이즈모 타이사는 들어본 적 있구먼. 연오랑 세오녀의 전설과 관련 있다는 말도 있고 한국에서 온 신을 모신 곳이라고도 하고."

"둘째 형님 말씀처럼 조선과 관련 있는 것은 사실입니다. 그 신사가 향하는 곳이 조선의 포항 경주 쪽이라고도 합니다. 그리고 이즈모 인근 'みほのせき미호노세키'(美保關(미보관))에 있는 'みほの미호신사'(美保神社(미보신사))는 신라왕손을 모시는 신사입지요."

"오호! 이세신궁으로 옮긴 것이 정치적인 의도가 있었던 것 같구먼?"

"글쎄요, 이세신궁은 天照大神[천조대신](あまてらすおおみかみ아마테라스오미가미)이란 여신을 모신 신사인데 점차 '왕실의 신'으로 정착되었고, 메이지유신 이후 그 위상을 더욱 높이면서 전국 모든 신사의 위계질서를 이세신궁을 중심으로 정리하며 황권을 강화하고 근대화를 도모하였습니다. 이세신궁이라 하지 않고 '神宮[신궁]'이라고 불리고 있을 정도로 모든 신과 신사를 대표하고 있습니다."

"지금도 천조대신을 궁중의 수호신으로 모시면서 왕이 즉위할 때 반드시 그 신을 받드는 의식을 치른다면서?"

첫째의 물음에 막내는 고개만 끄덕이더니 잠시 숨을 고른 후 말을 잇는다.

"사실 이세신궁은 '高皇産靈尊[고황산령존]'(たかみむすひのみこと다카미무스비노미코트)이라는 천신을 모신 곳이었으나 신라 천일창 왕자와 손을 잡은 '스이닌' 왕이 그 신을 몰아내고 천조대신을 신궁의 주인으로 모신 것입니다. 그런데 천조대신은 사실 천신의 제사를 주관하는 무녀였습니다. 무녀가 신이 되었다는 것은 일종의 쿠데타인 셈이지요. 막후에는 천일창이 있었지 않나 생각됩니다."

"신들의 전쟁이었나?"

둘째가 빈정거렸다.

"그 후 천조대신은 8세기 이후 교토로 수도를 옮긴 칸무왕이 왕가의 皇祖 신으로 내세우면서 일본 역사의 전면에 등장하게 되었던 것입니다.

요즘도 내각이 바뀌면 총리 이하 전 각료가 이곳을 찾아 천조대신께 절을 올립니다. 그리고 신궁은 20년마다 본궁의 자리를 옮기는데 이를 式年遷宮이라 하며 그 비용이 가히 천문학적입니다."

"음, 일본사람이나 정부가 신사에 그렇게 집착하는 이유가 있구먼."

"신도야말로 일본의 국교네요."

둘째가 내 말을 곧이어 받아 한 말이다.

"우리 일본인의 조상이 언제부터 일본 땅으로 이주하던가요?"

"글쎄다. 흔히 말하는 구석기 시대부터이긴 하지만 그때는 일본 땅도 대륙에 붙어 있을 때였으니 굳이 이주라고 볼 수 없겠지. 그들이 현재 일본인들의 직접적인 조상인지는 알 수 없지만……."

"배달 때부터 시작하여 단군조선 후기 때 일본으로도 많이 이주하였잖습니까? 배달 때는 북쪽에서, 조선 후기 때는 한반도를 경유해서 말입니다."

첫째가 내 말에 부연하였다.

"역시 그렇군요."

"일본이 조선과 한 줄기임은 부인할 수도, 숨길 수도 없는 사실이군요."

"그런 셈이지. 막내, 일본왕실계보는 어떤가?"

첫째가 둘째의 말을 이어받아 막내에게 물었다.

"일본왕실계보는 아주 복잡합니다. 전설상의 인물로부터 실존왕에 이르기까지 2,600년의 萬世一家(만세일가)라 하지만 멀리는 고조선으로부터 신라, 고구려, 백제에 이르기까지 많은 왕권쟁탈이 있었지요. 마지막에는 백제계가 왕권을 장악했습니다만."

"그런가? 2,600년이라면 대단한 역사를 가졌구먼!"

"2,600년이라지만 그중 반은 전설상의 인물이고 역사이긴 합니다만……."

"언제 시간 나면 거기도 여행해 봄세."

"그런데 막내, 한일고대사를 연구했다 했으니 『삼국유사』도 읽어 봤겠지?"

첫째가 물었다.

"물론입니다. 『삼국사기』, 『삼국유사』는 기본이지요. 왜 그러시는데요?"

"음, 내가 『삼국유사』에 대해 의문이 좀 있어서…… '석유환인'이란 말 아는가?"

"예, 단군조선 신화에 나온 기록이 아닙니까?"

"신화가 아니고 사실이야!"

둘째가 강조하듯 말했다.

“저도 여기 와서 신화가 아님을 확실히 알게 되었습니다만.”

“자네가 봤다던 『삼국유사』는 어디에 있는 자료이지?”

“그야 제가 다니던 대학도서관이지요.”

“그렇지, 형님, 동경대학 도서관에 잠깐 들리시죠? 『삼국유사』를 확인 좀 해야겠습니다.”

“『삼국유사』를? 거기 책이라 해서 다를 게 있는가?”

“‘석유환국’, ‘석유환인’ 확인 좀 해 봐야겠습니다.”

“그게 무슨 뜻입니까?”

“암튼 가 보세나, 막내가 안내하게나.”

막내의 안내로 동경대학교 역사자료실로 이동하였다.

> “~일본인은 그 신을 받드는 것을 신도(神道)라고 합니다. 일종의 종교라고도 할 수 있지만 모든 종교의 상위개념으로 생각하는 거죠. 때문에 일본인은 교회나 절에 다녀도 신사에 별도로 참배하고 있는 것입니다. 신사는 일본인들의 정신적인 고향이며 신사참배는 생활의 일부입니다.”

은나라의 정벌과 백이 숙제

한밤중의 자료실은 써늘하였다. 수많은 자료들이 가지런히 꽂혀 있었다. 막내는 그 많은 책 중에서 한 묶음의 책을 가져왔다. 1926년 경도제대에서 발간한 『삼국유사』 影印本(영인본)이었다.

"조선 중종임금 때 발간한(1512년) 壬申(임신)본을 촬영한 것입니다."

막내가 책을 건네주자 첫째는 얼른 책장을 넘겼다. 奇異(기이)편이었다.

……開國號朝鮮(개국호조선). 與高同時(여고동시). 古記云(고기운). 昔有桓因(석유환인)(謂帝釋也(위제석야)) ……

집현전에서 봤던 책의 글씨와 비슷하나 '昔有桓因(석유환인)'의 '因'과 '開城東(개성동)'의 '開'자는 加筆(가필)한 흔적이 있는 것처럼 깔끔치 못했다.

그가 생전에 보았던 책은 현대판 활자로 대량 인쇄된 것이었기에 아무런 의심 없이 읽었으나 집현전에서 원서라 할 수 있는 책에서 '昔有桓國(석유환국)' 「關城東(관성동)」을 보면서 그 무엇인가 석연찮은 것을 느끼고 있던 참이었다.

"집현전에서 본 것과 왜 다른가? '昔有桓國(석유환국)'과 '昔有桓因(석유환인)'? 「關城東(관성동)」, 「開城東(개성동)」? 단순한 가필이나 오기는 아닌 듯한데. 막내는 이 책의 원본이 어디에 있는지 아는가?"

"그건 저도 잘 모릅니다. 다만 발간 서문에 보다시피 서문을 쓴 경도제국대학 교수 '후찌 후지도라'의 조교였던 '이마니시 류'(今西龍[금서룡])라는 학자가 소장한 것으로 되어 있습니다만."

후지도라의 서문은 다음과 같았다.

『明[명] 正德[정덕] 壬申年[임신년](서기 1512년)에 경주 부윤 이 계복이 중간한 '삼국본사(사기)'와 '삼국유사' 양 본이 다른 곳에서 간행한 바 없는 귀한 것인데 임진왜란 때 왜장들이 일본으로 가져가 당시에는 尾張[미장](현재 나고야 일대)의 德川侯[덕천후](도꾸가와)와 동경의 神田[신전](男爵[남작])이 각 1통 소유하고 있었다. 신전 소유 본 '삼국유사' 正德本[정덕본]을 동경대학에서 소량 영인한 것을 경도제국대학 조교 이마니시가 1부 소장하고 있어서 이를 경도제국대학에서 다시 대량 영인하였는데 이를 '경도제국대학 영인본'이라 한다.』

"이마니시 류? 그 사람 조선사편수회 위원이 아니었던가?"

첫째 동생이 물었던 것이다.

"맞습니다. 조선고대사와 관련하여 대가이지요. 우리 일본에서는 조선고대사를 연구하자면 그분의 학설을 기본으로 하고 있습니다."

"막내, 그 사람은 우리나라 역사를 식민주의 역사로 왜곡한 사람인데? 어쨌든 동경대학에서도 영인한 것이 있다고 했는데 그 책은 없는가?"

"그 책은 저도 못 봤습니다. 하지만 1904년 대학에서 인쇄한 것은 있긴 합니다만."

"그래? 그 책을 볼 수 있을까?"

"저도 못 봤습니다만 찾아보지요."

막내는 얼마 동안 이곳저곳 돌아다니더니 책을 가져왔다.

임신 본(정덕 본)을 현대적 활자체로 인쇄한 책이다.

"이 책은 휘귀 본으로 열람이 되지 않는 책이군요. 저도 본 적이 없습니다."

"허허 막내가 수고했네."

둘째가 한 마디 건네주는 사이 첫째가 외쳤다.

"아! 여기는 '석유환국'이야! 그리고 關城東(관성동)이고요."

"예!?"

우리보다 막내가 더 놀랐다.

"그러면 누군가 조작을 했다는 것 아닌가? 동생."

"그렇습니다. 1904년까지만 해도 원본대로 인쇄를 하였으나 그 후 원본을 가필하여 영인본을 만든 것입니다."

"형님 조작한 사람은 뻔합니다."

"뻔 하 다니? 누구란 말인가? 둘째?"

"서문을 썼다는 '후지도라' 교수와 그 조교라는 '이마니시'인 거죠."

"역시 자네가 공안요원이다 보니 감이 잡히는가 보지."

"'후지도라'와 '이마니시'라~"

내가 그들의 이름을 되뇌다 보니 머릿속에 중년의 한 사람이 나타났다. 그는 '이마니시' 였다. 경도대학 조교수로 있으며 「檀君考」라는 박사학위논문을 집필 중에 있었다.

그는 1904년 동경대에서 인쇄한 『삼국유사』 본 내용 중 '석유환국의 國(국)은 간본(원본)의 문자 因(인)이 訛歪(와왜)되어 国(국)에 가깝기 때문에 国(국)으로 한 것이다. 이는 단군전설에 있는 帝釋桓因(제석환인)을 무시한 것이며 환국이라 칭한 것으로 謂帝釋也(위제석야)라는 주석에 따라 석유환국이 아니라 석유환인이라 해야 한다'고 주장했다.

그 후 그는 박사학위를 받고서 후지도라 교수와 공모하여 『삼국유사』 정덕본(임신본)을 극비리에 国(국)을 因(인)으로, 關(관)을 開(개)로 詐改(사개)(허위로 꾸며 만든 것)하여, 加筆(가필)로 원본보다 축소한 상태로 影印(영인)하여 '경도제국대학 영인본'이란 이름으로 관계 요로에 다수 배부하였다.

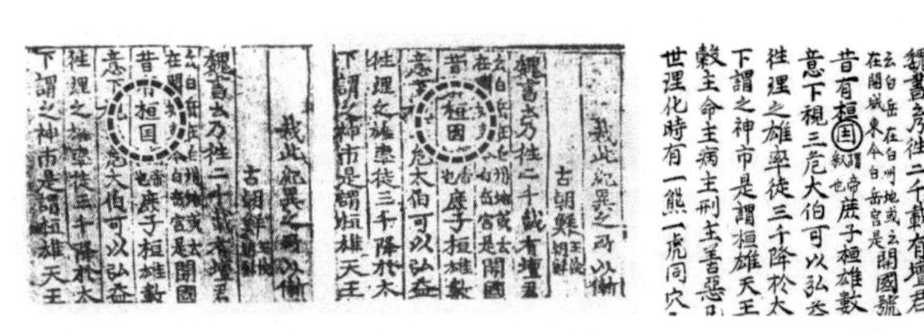

〈왼쪽, 오른쪽이 정덕본이며 중간이 경도대학 영인본임. 1932년 9월 서울의 고전간행회에서 경도대 영인본을 원형 크기로 발행하였으며 이를 근본으로 하여 조선사학회명의로 활자본을 대량 발간하여 보급하였다.〉

이마니시 류는 다시 말해서 '謂帝釋也(위제석야)'에서 謂帝(위제)이 帝釋天桓因(제석천환인)의 줄임말임을 근거로 두고서 일연스님이 환국의 桓仁天帝(환인천제)를 불교의 神(신) 桓因(환인)과 동일시한 것을 십분 이용하여 '환국'을 국가가 아닌 신화적 인물로 둔갑시킨 것이다.

그리고 고조선의 도읍지를 關城(관성)(중국 산동성 산해관)의 동쪽을, 한반도 開城(개성)의 동쪽으로 변조함으로써, 고조선의 강역을 한반도로 축소하였고, 반도식민사관을 심어 놓은 것이다.

한편, 책이 改書(개서)되었음을 알게 된 육당 최남선은 이를 改鼠(개서)(쥐뜯어 먹은 것처럼 글씨를 고치는 것)라 말하면서 1932년 7월 21일 조선사편수회 회의석상에서 문제를 제기하여 일본인들을 크게 당황시켰지만 책은 그대로 편찬되도록 하였다.

「고서의 인용을 함부로 개서한다는 것은 심히 부당한 일이며 이는 '淺人(천인)의 妄筆(망필)'이다.」

그러나 육당의 항의에도 불구하고 원상회복됨이 없이 '석유환인'이 적힌 『삼국유사』는 서점에 유통되었다.

머릿속에 연상되던 것을 동생들에게 그대로 얘기해 주었더니 첫째가 주먹 쥔 채 치를 떨며 말했다.

"축소 영인본, 원형 크기 영인본, 활자본 등 여러 형태로 보급한 것은 그들이 『삼국유사』를 개서한 것을 감추기 위한 교모 한 술책이었습니다."

"맞아. 그들의 술책에 따라 우리 역사는 뿌리 자체가 枯死(고사)될 뻔했어. 아니 고사된 것으로 봐야지."

"나쁜 사람들, 그런데 그들이 왜 그렇게까지 날조하려고 한 것이지요?"

막내 겐조가 말하였다.

"환국의 환인은 물론 배달의 환웅, 조선의 단군왕검까지 신화로 둔갑시켜 조선의 실제 역사가 반만 년의 역사가 아니라 일본보다 짧은 겨우 2천 년의 역사로 만들고 싶었던 거지. 물론 고조선의 영역을 한반도 내로 축소시키고자 했고. 어때 막내?"

"글자 하나가 그처럼 엄청난 결과가 있으리라고는 생각하지 못했습니다. 이마니시 류는 일본에서 존경받는 역사학자인데 그런 사실이 있었다는 것은 충격입니다."

"막내, 그 사람은 점제현 신사비도 만들어 낸 사람이야! 자기 나라 역사를 높이고자 하는 것은 인지상정이라 하겠지만 일본 역사학자들은 그 도가 지나친 것 같아. 여기서 보니 왜곡의 정도가 아니라 날조와 역사말살을 너무 많이 했어~"

둘째가 막내에게 훈계하듯 말했다.

"저도 공부를 하면서 몇몇의 의문점이 있었습니다만 이 정도까지일 줄은 몰랐습니다. 저라도 사과드립니다."

"뭐, 막내가 사과할 것까지 있남. 이 지경이 오도록 제 나라 역사를 지키지 못한 우리 한국인들의 잘못도 크다고 보네. 지금부터라도 제대로 인식하면 되겠지."

"막내, 현재 우리가 여행하고 있는 곳이 단군조선이니까 최소한 단군조선만은 역사적 사실임을 인정할 수 있겠지?"

중국인 강 씨의 훈계와 같은 얘기였다.

"여부가 있겠습니까? 단군조선뿐만 아니라 배달, 환국도 믿습니다."

"그래 우린 계속 단군천자님을 뵈어야지……."

• • •

그사이 17세 余乙[여을] 단군, 18세 冬奄[동엄] 단군, 19세 緱牟蘇[구모소] 단군, 20세 固忽[고홀] 단군을 지나 21세 蘇台[소태] 단군시대에 이르렀다.

소태 단군천자께서 즉위하자 은나라 21세 소을 왕이 제후국 중 가장 먼저 사신을 보내 조공을 바쳤다. 그러나 재위 47년에는 은의 무정이 대군을 이끌고 조선의 속국 索度[식도](지금의 산동 성 임치 현 일대)와 令支[영지](지금의 하북성 천안 현 일대)등의 여러 나라를 침공하였다가 대패하고 화친을 청하며 조공을 바쳤다.

소태 천자 재위 49년에는 蓋斯原[개사원]의 수장인 욕살 高登[고등]이 은나라의 鬼方(산서 성 북쪽의 내몽골 음산 산맥 일대의 부족 국)등 서북지방 천 여리를 경략하여 환국의 12국이었던 一君[일군], 養雲[양운] 두 나라를 다시 복속시켜 조공을 바치게 하였다.

이후 고등의 세력이 강성해지자 신하들의 주청에 의해 고등을 부 단군격인 우현 왕으로 임명하시고는 그를 우두머리란 뜻인 豆莫婁(두막루)라 불렀다.

재위 52년 천자께서는 나라를 순시하시다가 남쪽 해성에 이르러 五加(오가)를 모이게 하여 '내가 이제 늙어 일하기가 고달프도다.' 하시며 옥좌를 西于餘(서우여)에게 양위할 뜻을 전하자 신하들의 만류로 해성 욕살, 에게 섭정토록 하시고는, 장차 재위를 서우여 에게 선양코자 하셨다.

이러한 사실을 전해들은 우현 왕 索弗婁(색불루)(고등의 손자)는 천자께 선위계획을 만류하였으나 천자께서는 뜻을 굽히지 않았다. 이에 색불루는 크게 반발하여 군사를 동원하여 혁명을 일으켜 백악산 아사달(오늘의 만주 농안 일대)의 부여 신궁에서 단군으로 즉위하였다. (아사달은 단군왕검의 4째 아들인 부여의 후손들이 다스리던 곳이며 '부여'라는 나라가 여기서 유래하였다.)

이에 천자께서는 서우여를 폐하여 서인으로 만들고 옥책과 국보를 우현왕 색불루에게 전하시고 옥좌를 양위하신 후 장당경 아사달(지금의 하얼빈)에서 은거하여 최후를 마치셨다.

소태천자로부터 옥좌를 이어 받으신 22세 색불루 단군천자께서는 즉위하시자 가장 먼저 하신 일이 도읍지를 옮기는 것이었다.

옛 배달의 도읍지 신시와 가까우며 천자께서 발흥하신 백악산 아사달에 성을 개축하여 그곳을 새 도읍지로 삼았다.

이로써 백악산 아사달 시대가 개막되었다.

이어 색불루 천자께서는 삼한을 삼 조선체제로 바꾸시고 삼한이 하나로 통일되어 진한을 辰진조선), 마한을 막 조선, 번한을 번 조선으로 개칭하여 진국을 정점으로 하는 이른바 단군관경(단군의 영토관할) 체제를 갖추셨다.

한편 마한의 20세 왕 여원홍을 막 조선왕으로, 단군의 옥좌를 두고 자신에게 대항하였던 서우여를 30세 번조선왕으로 임명하셨다.

그 해 11월 색불루 천자께서는 조공을 바치던 은나라가 반기를 들자 이듬해 2월까지 친히 9환족의 군사를 이끌고 여러 차례 전쟁을 치렀으며, 한동안 은나라 수도를 함락하기도 하였고 은의 세력권인 황하강 상류까지 진출하여 淮水와 태산 지역에 번한의 백성들을 이주시켜 살도록 하셨다.

색불루 천자 재위 20년에는 번조선 관할의 신흥 제후국 藍國과 고죽국이 연합하여 은의 남쪽 지방을 경략케 한 후 은나라 국경과 마주한 奄瀆忽(후일 공자가 태어난 곡부다.)에서 오랫동안 머무셨다.

남국의 장수 黎巴達을 보내어 은의 영토인 邠, 岐를 공략하여 그곳의 옛 유민(치우천황의 후예)들과 합세하여 나라를 세우게 하셨으니 黎(치우 천황 때의 九黎를 약칭)나라이다. 여는 은의 영토에서 남국의 후원아래 은나라 제후국들과 함께 교류하면서 은나라를 견제하고 압박하였다.

천자 재위 36년에는 변방 장수 신독이 난을 일으켜 그 기세가 자못 강세하여 아사달까지 위험하게 되자 잠시 영고 탑으로 피난하시어 번조선, 막 조선의 군사를 양방으로 동원하여 진압하셨다.

난을 일으킨 신독은 은나라로 망명하였다.

또한 천자께서는 즉위 초에 8조문의 법을 제정하여 백성들을 교화하시니 곧 八條禁法이다.

1조, 살인자는 즉시 사형에 처한다. (相殺以當時償殺)

2조, 상해를 입힌 자는 곡식으로 보상한다. (相傷以穀償)

3조, 도둑질하면 그 집의 노비(奴婢)로 삼는다. (相盜者男沒爲其家奴女爲婢)

4조, 소도를 훼손한 자는 징역(금고)에 처한다. (毁蘇塗者禁錮)

5조, 예의를 잃은 자는 군에 복무시킨다. (失禮義者服君)

6조, 게으른 자는 부역에 동원한다. (不勤勞者徵公)

7조, 음란한 자는 태형으로 다스린다. (作邪淫者笞刑)

8조, 남을 속인 자는 교육 후 석방한다. (行詐欺者訓放)

• • •

이로써 8조에 따라 백성들은 자신들의 죄과를 속죄하여 공민이 되었다 하더라도 수치스럽게 여겨 시집장가를 갈 수 없었으며, 도둑이 없어 문을 닫는 일이 없고 여자들은 정숙하고 음란하지 않았다.

"초등학교 때 배운 고조선 팔조금법이 생각나는구먼."

"형님 기억력도 좋습니다."

"글쎄다. 상식인 내용이다 보니……."

천자께서는 재위 48년에 붕어하시고 태자 阿忽(아홀)께서 즉위하시니 그는 23세 아홀단군이시다.

23세 아홀천자께서는 아우 固弗加(고불가)를 낙랑홀을 다스리게 하시고 신하 熊乫孫(웅갈손)을 보내 남국왕과 함께 남방의 은나라를 정벌토록 하였으나 은나라의 저항이 워낙 심한지라 친히 군사를 끌고 진군하여 격파하고 6개의 읍을 설치하고 군대를 주둔시켰다. 그리고 은나라로 망명했던 신독을 잡아 목을 베고 환도하여 戰勝(전승)을 기념하면서 죄수와 포로들을 석방하셨다.

천자의 남진 공략으로 은나라가 점차 세력이 약화되자 이듬해 남국, 청구 국, 구려 국, 그리고 몽고리 한 네 개의 제후국이 합동으로 대규모로 은을 공격하였다. 4개의 제후국은 은나라 깊숙이 침공하여 淮袋(회대)(회수와 태산) 일대를 평정 후 포고 씨를 淹(엄), 영고 씨를

徐(서언왕의 시조), 방고 씨를 淮로 봉작을 내리시니 은나라에서는 감히 대들지 못하였다.

그 후 나라는 태평 강국 하였으나 재위 76년에 어천하시고 24세 연나 단군, 25세 솔나 단군, 26세 추로 단군에 이르기까지 150여 년 동안 그야말로 태평성대를 구가하였다.

이즈음에 제후국이었던 孤竹國(북경 및 화북성 일대)의 왕자 백이, 숙제가 왕위를 뿌리치며 주나라 무왕을 만나러 가던 중 무왕이 강태공과 함께 은을 멸망시키자 주나라를 인정할 수 없다며 수양산으로 들어가 백이숙제의 전설을 만들었다.

"아뿔싸, 백이숙제도 동이족이었습니다. 중국에서는 충절의 표상으로 여기던 인물이었는데. 그런데 강태공이 바로 우리 조상인데 그분도 치우천황님의 후손이시니 저도 동이족인 것입니다."

"후후, 동생도 우리와 같은 뿌리인 셈이네."

"이제는 동이족의 후손인 것이 더 영광입니다."

"漢族도 桓족에서 분리된 것인데 동양 삼국은 같은 뿌리일 수밖에……."

"그렇지요. 우리 일본인들도 그렇게 생각합니다."

"아, 백이숙제 비석이 식은땀을 흘린 사실을 아시는가?"

첫째가 둘째에게 물었다.

"예, 알고 있습니다. 성삼문이 지은 시 때문에 백이숙제 묘비가 식은땀을 흘렸다는 것 아닙니까?"

"저도 알고 있습니다."

"백이숙제가 수양산에서 고사리 캐어먹다가 굶어 죽었다는 것은 들었네만, 무슨 내용인데?"

"아이고, 형님은 모르셨군요. 제가 설명해 드리죠."

첫째가 설명해 주었다.

『조선 세종 때 성삼문이 서장관의 임무를 띠고 명나라를 방문하는 길에 백이숙제의 비문을 보고서 시한수를 지어 붙였다.

당년고마감언비
當年叩馬敢言非

(은나라 치러갈 때, 말고삐 부여잡고 그릇됨을 말할 때는

대의당당일월휘
大義堂堂日月輝

대의가 당당하여 일월같이 빛났건만

초목역점주우로
草木亦霑周雨露

초목도 주나라의 비와 이슬을 먹고 자란 것이거늘

괴군유식수양미
愧君猶食首梁微

부끄럽게도 그대들은 어찌 수양산 고사리를 먹었는가?)』

"오라, 그 내용이었구나. 백이숙제가 식은 땀 흘릴 만하구먼. 그 비슷한 시조는 아는데……

'수양산 바라보며 이제를 한하노라

주려 죽을지언정 采薇[채미]를 하는 것인가

아무리 푸새엣 것인들 그 뉘 땅에 났더니'"

"그런데 훗날 한 선비가 '후세의 사표가 되신 분들인데 너무 곤란함을 겪는다.'며 변명의 글을 붙였답니다."

이어서 막내는 시를 읊었다.

"葉周葉而不食[엽주엽이불식](잎은 주나라 때 잎이라 먹지 않았고),

根殷根而採之[근은근이채지](뿌리는 은나라 뿌리이기에 캐어서 먹었노라), 그러자 그 후 식은땀이 흐르지 않았답니다."

"하하, 백이숙제가 성삼문의 기개에 혼쭐이 났구먼, 하기야 살을 태우는 인두나 망나니의 칼조차 성삼문의 기개를 꺾지 못했으니까……."

• • •

27세 단군 豆密[두밀] 천자께서는 26년간 재위하셨고 재위 중 天海[천해](현 바이칼 호)의 물이 넘치고 斯阿蘭山[사아란산](바이칼 호를 둘러싼 인근 샤안 산맥)이 곳곳이 무너지거나 심한 가뭄 끝에 폭우가 내리는 등 재해가 많았다.

재해로 말미암아 백성들이 곤궁하게 되자 나라의 창고를 열어 두루 나누어 주셨다.

즉위 원년에는 배달국 이후 독자적인 나라로 계승해온 환국의 12국 중 수밀이국, 양운 국, 구다천 국이 사신을 보내 방물을 바쳤다.

"형님, 환국의 열두 나라 중 세 나라가 아직도 그 명맥을 유지하고 있었군요."

"환국의 12국이라뇨? 환국은 3천 년 전의 나라가 아닙니까? 저 나라들이 환국의 나라였다는 겁니까?"

"아! 막내는 보지 못해서 이해하기 힘들겠지만, 환국은 12개의 나라가 일종의 연방제와 같은 체제였다가 환인천제께서 환웅천황님께 종통을 이어주시면서 12국들은 각각 독립적인 나라로 존속된 것이지. 그런데 그 나라들 중 아직도 존재하는 나라가 있다니 나 역시 믿기지 않을 정도야."

"그런데 동생, 세 나라만이 아닌 모양이야. 저기 보세나~"

28세 奚牟[해모] 단군 천자께서는 18년에 천해지역을 비롯한 氷海[빙해](시베리아 일대) 지역의 양운 국, 구다천 국을 비롯한 구막 한국, 일군 국, 비리 국 등이 사신을 보내 조공을 바쳤다.

"공자께서 理想[이상] 국으로 삼았던 주나라도 조선을 대국으로 섬겼구먼."

"요, 순 모두가 조선의 제후국이었는데 당연하지요."

29세의 摩休[마휴] 단군께서는 34년간 재위하셨고 재위 원년에는 주나라에서 공물을 바쳤다.

재위 8년, 9년에는 지진과 해일 등의 천재지변으로 많은 백성들이 피해를 입었다.

30세 단군 奈休(내휴) 천자께서는 즉위 원년에 배달국 치우 천황께서 일구었던 서토 경락의 도읍지 청구(산동 성 일대)에서 천황의 공덕을 기려 비석에 새기셨고 서쪽에 이르러 주나라 국경을 마주한 엄독홀에서 삼조선의 모든 나라들의 왕을 모아 열병을 하신 후 祭天(제천) 의식을 주재하셨다. 이때 주나라에서는 수교 사신을 보내 제천의식에 함께 참여하였다.

내휴 천자께서는 재위 5년에는 서북방의 강국으로 성장한 흉노가 사절단을 보내 공물을 바치니 주변의 열국들도 화친을 맺고자 공물을 바치며 줄을 이었으며 그 후 나라별로 정례행사가 되면서 조선에 공물을 바친다는 의미의 朝貢(조공)의 행사가 되었다.

"오라! '조선이라는 나라에 공물을 바친다.'란 의미에서 朝貢(조공)니란 말이 생겼구먼. 來朝(내조)나 入朝(입조)도 그렇구먼."

내가 새삼 알았다는 뜻으로 얘기를 했다.

"저도 왜 아침 '朝(조)'가 왕조나 국가를 의미 하는가 했더니 바로 '朝(조)'가 아사달 즉 해가 뜨는 곳, 또는 광명이나 크다 뜻의 桓(환), 그리고 박달나무인 檀(단)은 밝다는 뜻인 해와 같은 의미임을 이번 조선을 여행하면서 깨달았습니다."

첫째 동생이 한 말이었다.

"저 역시 조공이란 중국을 기준한 것인 줄 알았는데 그게 아니었습니다."

강 씨가 무심코 한 말이엇다.

"그럴 수밖에 없는 것이죠. 이 당시에는 나라다운 나라는 조선밖에 없었으니까요. 朝(조)가 국가를 뜻한다는 것을 알았지만 중국인들에게는 그게 중국이었다고 알게 한 것이지요."

"하하~ 이 역시 중국에 빼앗겨 버린 단어일세~"

그 후에도 鮮卑山(선비산)(지금의 내몽골 지역)의 '추장', 초나라 '대부' 등이 공물을 바치거나 입조하여 단군천자를 배알코자 했다.

甘勿(감물) 천자께서 33세 단군으로 즉위하시어 재위 7년에는 영고 탑 서문 밖 감물산 아래에 환인, 환웅, 단군왕검, 세 분의 성인을 모시는 三聖祠(삼성사)를 세우고 친히 제사를 올리셨다.

"그렇구나~"

첫째가 고개를 끄덕이며 말했다

"무슨 말이세요, 작은 형님?"

"음, 우리나라 황해도 구월산에 고려시대 때 삼성사를 지었는데 이게 단군사당으로는 최초의 것이라 했는데, 그보다 수천 년 앞서 여기 감물 산에서 이미 지어졌다는 것을 확인한 것이지."

"동생, 왜 그런 기록이? 누가 그렇게 썼는데?"

"조선 후기의 실학자이자 역사가인 안정복입니다."

"안정복 알지. 실학자인 그가 왜 그런 기록을 했을까? 여기 감물산에 세워졌다는 것을 모르고 한 것이겠지."

"물론 몰랐을 수도 있습니다. 그러나 그가 실학자이긴 하지만 그 실학도 어디까지나 유학을 바탕으로 한 것이기에 환인, 환웅, 단군, 세 분을 모신 사당을 환인 환웅을 부정하고 단순히 단군사당이라 표현한 것입니다. 기존의 유학자들과 달리 단군을 우리 역사의 시조로 삼은 것은 좋은 일입니다만 그것도 한반도 내의 역사로 국한시킨 것으로 삼성당이라고 한 것이지요."

"흠, 삼성사를 단군사당으로 격하라……. 2분이 없는 데 삼성사라고 한 것부터가 약간의 모순이 있지만...? 그런데 그것이 한반도 내의 역사로 국한시키는 것과 무슨 상관인가?"

"아, 예. 기자가 조선왕으로 봉해졌다는 것을 근거로 하여 기자와 단군을 동일시하여 그때부터 조선의 역사를 본 것이지요."

"고려가 구월산에 삼성사를 지었다는 것은 고려도 스스로 단군을 한반도 기원설을 인정한 것이 아닌가요?"

막내가 내게 반문했다.

"시조를 기리기 위해 사당을 세울 때 시조의 발원지에서 세울 수 없을 때는 내가 현재 거주하는 곳에서 세워 기릴 수 있지 않는가? 그리고 조선에서는 3추 저울판에 따라 9월산 쪽으로도 관리를 했으니까 그를 기리기 위해서라도 당연히 지을 만하지 않는가?

식민주의 사학자들이나 사대주의 학자들의 의도적으로 이런 사실들을 왜곡하거나 그렇게 하고자 날조한 것 때문에 한국의 역사가 이처럼 비틀려 있는 것 아니겠나? 어쨌든 여기에 삼성사를 지은 것은 잘 한 것이나 역사왜곡의 분쟁이 되었네."

"제가 이곳에 와서 보니 잘못된 것을 알게 되었습니다만……."

중국인 강 씨가 변명조로 말하였다.

• • •

그사이 23년간 재위하신 34세 奧婁門(오루문) 단군에 이어 35세 沙伐(사벌) 단군께서 즉위하셨다. 즉위 50년이다.

"아니 저곳은 우리 일본 규슈인데~"

셋째가 사벌 단군께서 재위한 곳을 보며 중얼거리듯 했다.

당시 일본은 수렵채취의 문화에서 농경시대로 정착되면서 여러 부족들이 난립되었다. 아직 국가 형태를 갖추지 못하였으나 일부 세력이 큰 몇몇 부족들 간의 정복과 통합 등의 세력다툼이 심하였다. 사벌 단군의 조정에서는 이곳에 나라가 없는지라 三島(삼도)라고 불렀다.

사벌 단군 천자께서는 규슈 지역에 부족들 간 분쟁이 심하여 죽거나 다치는 백성들이 많은지라 마한(막 조선)의 장수 彦波弗哈(언파불합)을 보내 평정토록 하여 미개한 그들에게 환인, 환웅, 왕검님의 사상으로 교화토록 하며 屬地로 다스리도록 하였다.

언파불합은 배달국 환웅천황의 황후 웅녀여왕님의 후손인지라 다스리는 지역을 웅 씨의 이름을 붙여 熊襲(くまそ)이라 하였다.

"사실 그곳에는 곰이 서식하지 않는 지역인데 왜 곰이라는 이름이 붙여진 것인지 궁금했었는데……."

막내는 구마모토(熊本), 구마시로(熊城), 구마가와(熊川)를 차례로 중얼거렸다.

"우리 일본에서는 저 시대를 야요이(やよい: 〈弥生〉) 시대라 부릅니다. 그 이전 수렵채취시대를 죠몬(じょうもん: 〈縄文〉) 시대라고 합니다만 야요이 시대 때부터 일본 역사의 시작으로 보고 있습니다."

"일본 역사도 결국 동이 韓족의 개척사였네~"

둘째의 말에 막내가 이었다.

"맞습니다. 1948년 에가미 나미오 교수가 '북방 기마민족의 일본 정복설'을 주장했는데 북방 기마민족이 바로 동이족이자 韓 족이었습니다."

56년이 지나서 36세 賣勒 단군 38년, 바다 건너 일본에서는 각 부족들 간 세력다툼과 특히 토착민들과 본조 마한에서 건너간 지배계층들에 대한 갈등이 심화되면서 어떤 부족은 왕을 참칭하면서 본조에 반기를 들기도 하였다.

이에 매륵 천자께서는 막 조선 陜野侯 裵幋命에게 병선 500척

군사 1만을 주어 평정토록 하셨다.

협야후 배반명은 규슈에서 동쪽 시코구를 거쳐 혼슈 야마토를 차례로 정벌하여 그해 12월 삼도(일본) 전역을 평정한 후 스스로 왕이 되었으니 그가 일본 최초의 왕 진무(じんむ: 神武(신무))이다.

"아- 진무왕이 실존 인물이구나!"

"무슨 소리인가?"

내가 막내에게 물었다.

"진무왕이 실존 인물인가는 우리 일본 역사에서의 화두입니다. 조선의 단군신화와 같이 전설상의 인물이라고 하면서도 실존 인물로 믿고 싶어 하는 인물이지요. 오늘 실존 인물임을 확인하였습니다만 일본 신화에서처럼 하늘나라인 高天原(고천원)의 天照大神(천조대신)의 후손 邇邇芸命(이이운명)이 아니라 조선 한족 裵幋命(배반명)이라는 것이 다를 뿐입니다."

"하하, 고천원 즉 하늘나라는 바로 조선 배반명 이었네. 여기서 역사를 보니까 알게 된 셈이네."

"그런 셈입니다."

막내는 둘째의 말에 풀이 죽듯이 말했다.

"어차피 신화라는 것은 신격화의 과정이니까 어쩔 수 없는 일인 거지. 우리야 여기서 봤지만..."

"사실 저도 공부를 하면서 일본 신화가 단군신화와 유사한 점이 많아 조선으로부터 영향을 받았다고 생각하였습니다만……."

"그게 뭔가?"

내가 궁금하여 물어봤다.

"'이이운명'이 하늘에서 내려올 때 3개의 보물 즉 거울, 칼, 구슬이라는 보물을 가져왔다는 것이라든지, 자신이 지상에 내려온 곳 다카치호(高千穗[고천수])가 카라구니(韓國[한국]: 천신의 고향)를 향하고, 아침 해가 바로 쬐며 저녁 해가 비치는 매우 좋은 곳이라 했지요. 오늘에야 확실한 것을 알았습니다."

"막내는 박사학위 논문을 수정해야겠어."

"그럴 수만 있다면 하여야겠지요? 아마 일본학계가 발칵 뒤집어질 겁니다."

"형님, 큰 전쟁이 벌어진 모양입니다."

둘째가 가리켰다.

재위 52년. 주나라의 제후국이었던 燕[연]나라가 강성하면서 자주 조선의 국경을 침략하므로 천자께서는 군사를 보내 번조선의 제후국인 須臾國[수유국](기자가 세운 나라) 병력과 함께 연나라를 징벌하자 연나라는 齊[제]나라의 도움을 청했다.

제나라 桓公[환공]이 연나라를 구하고자 직접 군사를 이끌고 조선의 제후국인 고죽국으로 쳐들어 왔으나 조선군의 복병을 만나 크게 패하고는 전세가 불리하자 화친을 구걸하고 물러났다.

"그렇구나. 이 전쟁을 史記[사기]에서 환공이 山戎[산융](조선을 비하한 별칭)과 전쟁한 것으로 기록한 것이구나."

둘째의 말을 받아 첫째가 말한다.

"신채호 선생께서는 진작 이 전쟁을 '단군조선과의 전쟁'이라 말씀하셨지."

"사마천이가 '조선'이란 말을 쓰기에는 자존심이 많이 상한 모양일세."

"이 역시 춘추필법의 간교한 역사 왜곡이 아니겠습니까."

"그런데 형님, 역사는 승자의 기록이란 말이 있듯이 그럴 수밖에 없겠습니다. 동이족들이 서서히 세력이 약화되고 漢 족들이 중원을 장악하고 있습니다."

막내의 말처럼 주나라 왕실을 보전하자는 尊王攘夷의 명분을 내세운 제나라 환공은 주나라 제후들을 규합하여 조선에 집단 항거하였다.

주나라 제후국들과 대치하던 조선의 제후국 遂, 徐, 萊, 牟, 舒 등 동이족 열국들이 쇠약하여 잇달아 사라지고 조선의 영토는 많이 위축되었다.

그사이 매륵 단군께서는 재위 58년에 붕어하시고 이어 37세 단군 麻勿(재위 56년), 38세 多勿(재위 45년)단군, 39세 단군 豆忽(재위 36년), 40세 達音(재위 18년)단군, 41세 音次(재위 20년)단군, 42세 乙于支(재위 10년)단군의 시대가 이어지며 180여년이 지났다.

43세 단군 勿理[물리]께서 천자로 등극하셔 재위 36년에 서북쪽 융안의 부족장이던 于和沖[우화충]이 수만의 무리를 이끌고 서북 36군을 침략하여 함락하였다.

천자께서 군사를 보내셨으나 이기지 못하고 도리어 그들은 승전의 기세를 몰아 그해 겨울에는 도성을 포위하고 공격하였다.

도성이 함락될 위기에 처하자 천자께서는 좌우궁인과 더불어 종묘와 사직의 신주를 받들고 西鴨綠[서압록](발해만으로 흐르는 강, 일명 句麗河[구려하])강을 따라 배를 타고 播遷[파천]하던 중 붕어하셨다.

천자의 갑작스런 붕어와 나라의 존망의 위기에 몰린 상황에 아무도 옥좌를 잇지 못했다.

도성이 함락될 무렵 白民城[백민성](백두산 지역 일대)욕살 丘勿[구물]이 천자명을 받들어 군사를 이끌고 藏唐京[장당경](지금의 개원)을 점령하고 동 압록 서 압록(압록강과 요하일대)의 18성에서 군사를 보내 원조하였다. 마침 3월에 도성이 홍수로 잠기게 되자 구물 욕살은 1만의 병사를 이끌고 토벌하니 반란군들은 힘없이 궤멸되었다. 마침내 우두머리 우화충을 잡아 참수하니 1년간에 걸친 반란은 종식되었다.

이에 구물이 모든 장수의 추대를 받아 3월 16일 단을 쌓아 하늘에 제사 지내고 장당 경에서 비어 있던 옥좌를 이어받아 즉위하였으니 바로 44세 구물 단군이시다.

구물단군께서는 국호를 大夫餘[대부여]로 바꾸고 색불루 단군 이래 조정을 나누어 통치하던 형식적인 삼한체제를 대 단군의 지휘를 받되 권력을 분립하는 삼조선체제로 바꾸었다. 이와 동시에 특별히 각 조선에는 병권을 주어 독자적인 和戰(화전)의 권한을 갖게 하였으니 실질적인 국가연합체제가 된 셈이다.

“부여라는 이름이 여기서 유래되는 것이군요. 부여의 역사도 분명 단군조선 역사와 함께하는 우리 민족의 중요한 역사의 한 과정인 것이 입증되었습니다.”

“동생 내가 아는 부여는 대부여가 아니라 주몽이 태어났다는 부여밖에 모르는데…….”

“저 역시 대부여는 몰랐습니다. 동부여 북부여 정도였지요.”

“남부여도 있습니다.”

막내가 첫째의 말이 끝나기도 전에 말한다.

“그렇지 남부여도 있었지. 막내가 그걸 어떻게 알지?”

“그야 일본고대사를 공부하다 보니 알게 되었지요.”

“남부여는 또 뭐지? 하기야 동부여, 북부여도 있었다니 남부여도 있겠지?”

“예, 백제가 한때는 국호를 남부여라고 할 때도 있었습니다. 성왕 때 웅진(공주)에서 사비성(부여)으로 천도하면서 국호를 남부여로 바꾸었습니다.”

“호~ 백제가 남부여라! 그럼 우리나라 부여라는 지명도 그에서 유래되었구먼, 우리 역사에서 부여라는 이름이 차지하는 비중이 매우 컸었구먼. 나는 그저 조그만 부족국가로만 생각했는데."

"그러고 보니 백제의 주요 성씨가 '부여'였습니다. 부여라는 이름이 백제에서는 매우 큰 비중을 차지하였던 것 같습니다."

큰 동생이 한 말이었다.

• • •

천자께서는 그동안 잦은 전란과 흉년으로 생활이 곤궁해진 백성들을 교화 위무하고 흐트러진 나라의 기강을 세우고자 이듬해 3월 16일 몸소 大迎節에 삼신을 떠받드는 迎鼓제를 올리셨다.

이와 함께 21일간 묘정에서 부족장 등 많은 백성을 차례로 모아 잔치를 벌려 백성들의 뜻을 듣고 아홉 개의 주제 즉 '孝, 友, 信, 忠, 遜, 知, 勇, 廉, 義'로 토론케 하니 소위 계율을 맹서하는 '九誓之會'이다.

孝慈順禮(효도와 자애로움과 순종과 예의), 友睦仁恕(우애와 화목과 어진 마음과 용서하는 도리), 信實誠勤(믿음과 진실, 성실과 근면), 忠義氣節(충성과 정의, 기개와 절개), 遜讓恭謹(겸손과 겸양, 공경과 삼감), 明知達見(밝은 지혜와 탁월한 식견), 龍膽武俠(용기와 담대, 강건과 의협정신), 廉直潔淸(청렴과 강직, 순결과 맑은 마음), 正義公理(직업에 대한 경의 로 움, 단합되고 정의로울 것)등의 내용을 백성과 함께 맹서하는 것이다.

이후 이 내용을 책으로 만들어 백성들에게 보급하여 가르치도록 하셨으니 곧 『扶餘九誓』이다.

천자께서 재위 29년에 붕어하시고 태자 余婁께서 45세 단군이 되셨다.

여루 천자께서는 연나라 등 중화 족 여러 나라들의 침략에 대비하여 長嶺(난하 지역) 狼山(요령성 백랑산)에 성을 구축하셨다. 재위 17년에 연나라가 침범하자 성주 苗長春(백제 8대 성씨 묘씨의 선조)이가 이를 물리쳤다.

여루 단군 재위 32년에는 또 燕, 齊 합동으로 쳐들어와 요서를 함락하고 雲章(화북성 천진)지방을 읍박지르니 번조선왕이 상장 于文言에게 명하여 토벌케 하고 진조선 막 조선에서도 군사를 보내 협공하여 五道河(하북성 하간현의 강)에서 크게 깨트리고 요서 지방을 회복하였다.

그 이듬해도 연나라는 連雲島에 군사를 주둔시켜 배를 건조하는 등 침략을 준비하므로 우문언이 선제공격하여 장수를 죽이는 등 대파하였다.

재위 47년. 北漠(고비사막, 몽골 지역)의 추장 厄尼車吉이 來朝하여 말 2백 필을 바치며 함께 연을 공격하자고 하였다. 번조선 장수 申不私에게 군사 1만을 주어 연나라 上谷 화북성 회래현, 현 북경 지역 북부 일대)을 공격하여 함락하고 성읍을 설치하였다.

상곡싸움 이후, 연은 상곡을 탈환코자 해마다 공격하며 천자 재위 54년에 강화를 요청하는지라 상곡일부를 돌려주고 造陽[조양](북경 북쪽 만리장성 부근) 서쪽을 국경으로 삼으셨다.

이듬해 여름 큰 가뭄이 들어 대 사면을 내리시고 친히 기우제를 지내신 후 병을 얻어 9월에 붕어하셨다.

태자 普乙[보을]께서 46세 단군의 옥좌를 이으셨다. 재위 원년 12월에는 번조선의 68세 왕 解仁[해인](일명〈山韓[산한]〉이라고도 함)이 연의 자객에 의해 시해되어 그 아들 水韓[수한]이 대를 이었으나, 오가들의 권력다툼으로 내분된 틈을 타 연나라가 급습하여 수도 安寸忽[안촌홀](고구려 때 안시성)을 공격하고 험독까지 쳐들어 왔다.

이즈음 번조선의 제후국 수유국의 箕詡[기후]가 5천의 날랜 병사를 이끌고 도우니 전세가 진정되었다. 이어 천자의 직할 국인 진 조선에서 구원 군을 보내 함께 협공하여 연의 군사를 격파하였다.

한편 일군의 군사를 보내 연나라 수도 薊城[계성](지금의 북경) 남쪽을 공략하여 장수 秦開[진개]를 붙잡으니 연나라 昭王[소왕]은 사신을 보내 사죄하고 공자(진개)를 인질로 보냈다.

보을 천자 재위 19년, 번조선의 69세 왕 수한이 후사 없이 죽자 기후가 조정의 정권을 잡아 군령을 대행하며 섭정하다가 스스로 번조선의 왕이 될 것을 천자께 청하니 천자께서 윤허하셨다.

기후는 70세 번조선왕으로 책봉되어 그 후손 5대에 걸쳐 129년간 번 조선을 통치하였다.

"기자조선은 이를 두고 한 말이군. 그것도 <ruby>副<rt>부</rt></ruby> 단군에 불과한 번 조선을...... 쯔쯔."

• • •

"뿐만 아니라 주나라가 책봉 운운 했으니......"

첫째 동생이 말끝을 흐리며 중얼거렸다.

재위 46년에는 수유국의 <ruby>韓介<rt>한개</rt></ruby>가 병사를 이끌고 궁궐을 침범하니 천자께서는 잠시 몽진하였다가 43세 물리단군의 현손인 상장군 <ruby>高列加<rt>고열가</rt></ruby>에 의해 진압되자 환도하시어 대사면을 내리셨으나 나라 살림살이가 넉넉지 못하고 국력은 날로 약해지는 가운데 천자께서는 후사 없이 붕어하셨다.

한개의 반란을 진압했던 고열가가 백성의 사랑과 공경을 받던 지라 만조백관들이 추대하여 47세 고열가가 단군으로 즉위하셨다. 천자께서는 어질고 인자하셨으나 우유부단하여 제후국이나 속국들의 발호를 제어하지 못하셨다.

재위 57년에는 고리국의 사람 해모수가 <ruby>熊心山<rt>웅심산</rt></ruby>(하얼빈과 백두산 북부지역과의 사이 백악산)에서 거병하여 스스로 <ruby>天王郎<rt>천왕랑</rt></ruby>(天王郎)이라 하며 북부여를 건국하였다.

재위 58년 3월 제천을 행한 날 저녁에 천자께서 오가와 더불어 의논하시며 말씀하셨다.

「옛날 우리 성조들께서 처음으로 법도를 만들고 국통을 세워 후세에 전하셨노라. 덕을 심으심이 넓고도 멀리 미쳐 만세의 법이 되어왔느니라. 그러나 이제 왕도가 쇠미하여 모든 왕이 세력을 다투고 있도다. 짐이 덕이 부족하고 나약하여 능히 다스릴 수 없고 이들을 불러 무마시킬 방도도 없으므로 백성이 서로 헤어져 흩어지고 있느니라. 너희 오가는 현인을 택하여 단군으로 천거하라.」

그러고는 옥문을 열어 사형수 이하 모든 포로를 석방시키신 후 이튿날 마침내 재위를 버리고 산으로 들어가 수도하며 여생을 보내셨다.

천자께서 재위를 버리시자 오가에서 6년간 공동으로 국사를 운영하였으나 해모수께서 진조선 단군의 국통을 이어받아 모든 제후와 장수들을 새로 봉하며 수유 侯(후) 箕丕(기비)를 번조선 74세 왕으로 봉하셨다.

"조선이라는 이름이 사라지긴 했어도 국통은 이어지고 있음이야~"

"그래도 번조선이 위만에 의해 정권이 바뀌긴 했지만 조선이란 이름을 130년이나 더 유지했다는 것이 대견합니다."

둘째가 내 말에 덧붙였다.

"정말 찬란하고 위대했던 역사였습니다. 형님, 이처럼 영광된 역사를 우리만이 알고 있다는 게 분통이 터집니다."

"어쩌겠나. 그래도 우리라도 알게 되었으니 다행이 아닌가? 연구들 많이 하고 있다니 아마 우리 후손들은 진실 된 역사를 알게 될 것일세."

"마지막 총독 아베 노부유키의 말이 생각납니다."

첫째가 뜬금없이 한 말이다.

"아베? 지금 일본 수상의 아버지? 아님 조부인가? 그 사람이 무슨 말을 했는데?"

"현 수상과는 아무런 관계가 없습니다만…… 막내는 이 사람을 아는가?"

첫째의 물음에 막내는 고개만 끄덕였다.

> "환국의 환인은 물론 배달의 환웅, 조선의 단군왕검까지 신화로 둔갑시켜 조선의 실제 역사가 반만 년의 역사가 아니라 일본보다 짧은 겨우 2천 년의 역사로 만들고 싶었던 거지. 물론 고조선의 영역을 한반도 내로 축소시키고자 했고.

단군의 국통을 잇는 부여

"아베가 무슨 말을 했던가?"

"정말이지 우리의 자존심을 무참히 짓밟는 말이었습니다. 「우리는 패했지만 조선은 승리한 것이 아니다. 내 장담컨대 조선국민이 제정신을 차려 찬란하고 위대했던 옛 조선의 영광을 되찾으려면 100년이라는 세월이 훨씬 더 걸릴 것이다. 우리 일본은 조선국민에게 총과 대포보다 무서운 식민교육을 심어놓았기 때문이다. 결국 조선국민은 서로 이간질하며 노예적 삶을 살 것이다.

보라, 실로 조선은 위대했고 찬란했지만 현재 조선은 결국 식민교육의 노예로 전락했다. 그리고 나 아베 노부유키는 다시 돌아올 것이다.」"

"흠 정말 자존심 상하는 말이네. 맥아더의 'I shall return'을 흉내 내는가? 총과 대포보다 무서운 식민교육을 심어놓았다는 그 말은 섬찟 하구먼, 그래서 광복이 된 지 70여 년이 지났는데도 아직 역사광복은 되지 못했나 보네."

"사실 일본은 계획적이고 지능적인 수법으로 우리 역사를 파괴하고자 했습니다. 그들이 조선을 강점하면서 첫 번째 한 일이 민족의 祭天壇(제천단)인 圜丘壇(원구단)을 파괴하는 것이었습니다. 그리고 조선총독부에서는 고등경찰을 통해 다음의 지시를 내렸습니다.

「저 조선인들이 자신의 역사와 전통을 알지 못하게 하라. 그러므로 조선민족의 혼, 조선민족의 문화를 상실하게 하라. 그들의 조상과 선인들의 무능과 악행을 들추어내되 그것을 과장하여 조선인 후손들에게 가르쳐라. 조선인 청소년들이 그들의 부모 조상들을 멸시하는 감정을 일으키게 하여 그것이 기풍이 되게 하라.

그렇게 함으로써 조선인 청소년들이 자국의 모든 인물과 사적에 대하여 부정적인 지식을 갖게 하고, 반드시 실망과 허무감에 빠지게 하라. 그럴 때 일본의 사적, 일본의 문화, 일본의 위대한 인물들을 소개하면 同化(동화)의 효과가 지대할 것이다. 이것이 제국 일본이 조선을 半(반) 일본인으로 만드는 요결인 것이다.」

이는 총독부 '고등경찰 要史(요사)'에 기록된 것입니다만 이게 어디 경찰에서만의 한 일이었겠습니까?"

"아! 그렇게까지. 정말 치밀하고 지능적이군요. 그래도 큰 형님, 그 사람도 조선이 위대하고 찬란했다는 것을 알았던 모양입니다."

둘째가 한 말이다.

"막내는 어떻게 생각하는가?"

첫째 동생이 물었다.

"우리 일본이 식민지 교육을 한 것은 틀림없는 사실입니다만 광복 70여 년이 지나도록 지금까지 식민사관을 벗어나지 못한 것은 어디까지나 조선인, 즉 한국인들의 책임이라 봅니다."

"그건 맞는 말일세. 단군조선을 부정한다거나 인정할지라도 한반도 이내의 부족국가로 전락시켜 만리장성을 평양까지 끌어들이도록 했으니 말이야."

"그뿐이 아닙니다. 수백억의 국민세금으로 운영하는 동북아역사재단에서 나온 역사지리서에 보면 독도가 없습니다. 그것 때문에 발간이 보류되기도 했지만 아직 해결되지 못하고 있거든요."

"그래?! 그건 문제가 있는데! 왜 그랬을까?"

"그야 일본의 눈치를 본 거겠지요?"

내가 크게 놀라며 한 말에 둘째가 거들며 한 말이다.

"일본의 눈치를 보다니?"

"한국과 일본이 독도의 영유권 문제로 다투고 있다는 것을 저도 들어서 압니다. 영유권 문제는 현실적으로 심각한 쟁점이다 보니 슬쩍 비켜둔 것 아니겠습니까?"

"영유권이라니? 독도가 우리 땅인데 무슨 소리인가? 설사 일본과 쟁점이 된다 할지라도 그럴수록 더 당당하게 표시를 해야지. 그렇게 하라고 국민세금으로 연구시키고 있는 것인데."

"막내, 일본인 자네의 생각은 어떤가? 독도가 한국 땅인가 일본 땅인가?"

"그야 한국 땅이지요. 웬만한 일본인들은 독도가 한국 땅임을 다 알고 있습니다. 그리고 독도가 일본 땅이라고 주장한다 해서 일본 땅이 되지 않는다는 것도 알고요. 하지만 역사부도에 독도를 당당히 표기하지 않았다는 것은 저로서도 이해가 되지 않습니다. 한국인 스스로가 국토를 포기하는 것이 아닌지 묻고 싶습니다. 우리 일본은 약간의 빌미만 있어도 일본의 것인 양 떼 아닌 떼를 쓰는데 말입니다. 이러니 우리 일본사람들이 독도가 일본 땅일 수 있다는 희망을 갖는 것입니다."

"희망이라니? 아베처럼 다시 오겠다는 뜻이구먼."

"그럴 리가 있겠습니까? 아! 아베가 그런 말을 했다는 것은 사실이 아닙니다. 저도 그 내용을 들어 관심이 있어 조사를 해봤더니 아베가 했다는 어떠한 증거도 없습니다."

"이게 무슨 말인가? 그럼 누가 했다는 말인가? 동생 어떻게 된 거지?"

첫째는 당황스런 표정을 지으며 말했다.

"글쎄요, 인터넷에서 많이 돌고 있는 내용인데요. 어느 소설에 나온 것으로 알고 있습니다만."

"그건 소설가 '이 상각'의 『1910년. 그들이 왔다』라는 소설에서 언급된 내용입니다만 어디까지나 소설속의 fiction에 불과합니다."

"그럼 작가가 지어낸 말이란 말이지. 소설의 그 말이 어떻게 진실인 양 포장되었지?"

"그야 일본에 대한 편향된 의식에서 무조건 믿고 싶어서였겠지요. 그것도 일종의 피해의식이라 생각합니다만."

내가 한 질문에 막내가 답하였다.

"일리가 있구먼, 피해의식이라? 허허 우리가 아직도 피해의식에서 벗어나지 못한 건가? 막내가 뼈 있는 말을 했네 그려."

"인터넷에서 떠도는 유인물들, 특히 출처가 명확하게 밝혀지지 않은 '가공된' 역사물들에 대해서는 반드시 의심해 보아야 한다고 생각합니다. 일반대중이 아닌 적어도 역사를 공부하는 사람이라면 자신이 접하는 역사 관련 자료에 대한 '합리적 의심'은 한 번쯤 해 보는 것이 올바른 역사인식을 갖게 하는 것이라 봅니다."

막내는 잠시 말을 멈추더니 다시 이었다.

"이런 뜬소문이 마치 사실인 양 떠돌면서 진실을 오도하고 '거짓' 역사를 만들어 낸다면, 제아무리 많은 학자가 연구에 연구를 거듭하여 진실을 밝혀낸다 할지라도 그 역사는 올바른 궤도에 올라설 수 없게 됩니다."

"바로 그거야. 일본의 식민사학자들이 만든 거짓 역사 때문에 우리의 올바른 역사가 제자리를 못 찾고 있는 것이지."

첫째가 말꼬리를 잡듯이 반격했다.

"맞습니다. 우리 일본의 皇道史觀(황도사관)에 젖은 식민사학자들의 근원적인 잘못이 있음을 인정합니다. 그러나 진실을 규명하는 과정에서 편향된 의식을 갖고서 접근한다면 이 역시 새로운 '거짓 역사'를 만들 수 있다고 봅니다. 물론 歷史家(역사가)가 역사를 평가한다는 자체가 주관성이 어느 정도 개입되지만, 그러나 주관과 편향은 다르다고 봅니다."

"막내가 역시 신세대답네. 우리가 귀담아 들어야 할 내용이야. 그래 '뜬소문'은 '뜬소문'으로 끝날 수 있도록 진실을 밝혀야 하고 진실이 밝혀지면 그 뜬소문을 믿은 것을 반성하고 부끄러워할 줄 알아야 되는데 그 뜬소문을 만든 사람이 잘못을 뉘우치기는커녕 진실을 인정하지 않으려 하니……."

불현듯 몇 년 전의 광우병 사태 때가 생각났다. 미국 소를 먹으면 뇌가 스펀지처럼 구멍이 숭숭 난다던 뜬소문이 유언비어로 밝혀졌음에도 누구하나 잘못했다고 말하는 사람이 없었다.

인간세상사가 '거짓은 진실을 포장하고 진실은 거짓을 품는다.'인가?

"큰 형님, 노부유키를 만나러 가보죠? 혹시 그런 말을 한적이 없는지를... "

둘째가 너스레 떨듯이 말했다.

“뭘 그런 것까지 확인할 필요가 있나? 안했다면 안한 거지. 막내의 말을 믿어야지.

가야 할 곳이 많아. 나는 부여가 우리 역사의 변두리인 줄로 알고 있었는데 그게 아닌 것 같구먼. 부여를 좀 더 살펴 보세나. 자네들은 어떤가?”

“그런데 형님. ‘부여’란 말이 무슨 뜻인가요?”

둘째가 첫째 동생에게 물었다.

“불 ‘火(화)’, 밝다 ‘光明(광명)’ 이런 의미일세.”

“동생, 내가 알기로는 고주몽 아버지가 해모수로 알고 있는데 우리가 뵈었던 해모수 단군 천자님은 주몽의 아버지가 아닌 것 같은데?”

“사실 저도 지금 혼란스럽습니다. 분명 해모수 천제님은 주몽이란 아드님을 두지 않았던 것 같습니다. 『삼국사기』가 잘못된 기록인 것 같 같아요.”

“다시 확인해 볼 사안이네요. 지금 바로 가보시죠?”

막내가 재촉했다. 둘째도 어서 가보자고 했다.

• • •

해모수 천제께서는 타고난 기품이 영웅의 기상이었고 신령한 자태를 갖추셔 사람을 압도하셨다.

단군 고열가 천자 재위 57년. 해모수 천제께서는 웅심 산에 터를 잡으셔 제실을 짓고 상제님을 받들며 국자랑의 지도자가 되셨다. 그를 따르는 무리들이 구름처럼 모여들어 그들이 국자랑인 낭도들은 그를 '하늘의 뜻을 받드는 사람', '상제의 아들'이라는 뜻으로 天王郞(천왕랑)으로 불렀다.

마침내 그해 임술년 4월 8일 대부여의 뜻을 잇고자 북부여 건국을 선포하셨다.

이때 천제께서는 연세가 23세였으니 머리에는 태양의 새라는 삼족오의 깃털을 꽂은 烏羽冠(오우관)을 쓰셨다. 허리에는 승천하는 용이 새겨진 금빛의 龍光劍(용광검)을 차고서 다섯 말이 이끄는 五龍車(오룡거)를 타고 500명의 낭도를 거느린 채 나라를 돌보셨다.

백성들은 하늘에서 강림하신 상제님의 아드님이라 우러러 받들며 매년 4월 8일이면 천제님을 기리고자 등을 달고 경축하였다.

"사월초파일이 부처님 오신 날로만 알았는데 해모수님 기리는 날이었네……!"

"부처님 오신 날이 4월 8일, 2월 8일 두 가지 설로 맞서다가 1956년 네팔의 수도 카트만두에서 열린 4차 불교대회에서 양력 5월 15일을 세계 공통 불탄일로 정한바 있습니다만……."

"우리나라에도 고려 후기까지는 음력 2월에 연등회 겸 석가탄신일로 봉축한 걸로 알고 있습니다."

일본인 막내의 설명에 첫째 동생이 덧붙여 설명했다.

"그렇다면 지금의 4월 초파일 행사는 불교가 우리나라에 유입되기 이전의 해모수님의 하강일의 축제와 서로 융합된 것일 수 있겠구먼."

"그렇겠지요. 불교가 유입되면서 우리 민족에서 전래된 토속 신앙이 불교 화 된 것이 많잖습니까? 삼신각이니 칠성각이니 하는 것들이……."

"토착신앙의 불교화가 아니라 불교의 토착화가 아닌가요? 우리 일본은 그렇습니다만."

"토착화냐? 불교화냐? 거 참, 연구해 볼 만하구먼……."

재위 8년째 그동안 고열가 단군천자께서 재위를 버리고 산으로 들어가신 이래 6년간 五加(오가)(五加)의 공화체제로 운영되던 대부여(단군조선) 조정에서는 공화제를 철폐하고 해모수 천제님을 단군으로 추대하였다.

이로써 대부여는 북부여로 이양되면서 단군조선의 국통이 이어지게 되었다.

해모수천제 재위 19년에 번조선 왕 기비가 죽자 아들 준을 번조선왕으로 책봉하셨다.

한편 천제께서는 秦(진), 楚(초), 燕(연), 齊(제), 趙(조), 魏(위), 韓(한)의 7국으로 분할되어 패권을 다투고 있는 서토 중원의 정세가 심상치 않음에 관심을 갖지 고 서토와 인접한 번조선의 국방태세를 점검코자 감독관을 파견하는 등 밤낮없이 노심초사하셨다. 이는 80년 전 보을 단군시절 번조선에 볼모로 잡혀 있던 연나라 장수 진개가 국방태세를 염탐 후 탈출하여 군대를 이끌고 침범하여 서쪽 변방 1천 여리의 영토가 유린당한 것에 교훈을 삼은 것이다.

재위 22년(해모수 천제) 서토의 중원에서는 마침내 秦(진)에 의해 통일이 되니 韓(한)나라의 망명객 張良(장량)(훗날 유방의 책사 장자방임)이 번조선에 秦王(진왕)(진시황: 황제로 자칭하였으나 조선에서는 진왕이라 불렀다.)의 암살을 위한 도움을 요청하여 창해역사 여 홍성이 이끄는 자객 단을 보내 博浪沙(박랑사)(현 신향시)에서 진왕 政(정)을 격살코자 하였으나 실패하였다.

창해역사 여 홍성은 관경을 지나면서 다음의 시를 남겼다.

토교칭변한
「土校稱弁韓: 이곳은 예로부터 번한이라 불렀는데,

별유수상석
別諭殊常石: 유별나게도 독특한 돌 하나 서 있구나,

대황척촉홍
臺荒躑躅紅: 받침은 허물어져 철쭉꽃만 붉게 피었네,

자몰매태벽
字沒莓苔碧: 글자는 이지러져 이끼만 푸르구나.

생어부판초
生於副判初: 아득한 태고시절에 만들어지니,

입료흥망석
立了興亡夕: 흥망의 역사 간직한 채 홀로 서 있구나.

문헌구무징
文獻俱無徵: 문헌으로 증명할 길 없지만,

비단씨적
比檀氏跡: 이것이 단군왕검의 흔적이 아니겠는가?」

"동생들이 얘기하던 창해역사 사건이 바로 이 시기였구먼, 단순한 여 홍성의 암살사건이 아니라 조선과 진의 전쟁이었네."

"화살에 고슴도치처럼 된 여 홍성의 장렬한 최후의 모습이 지워지지 않습니다."

첫째 동생이 목이 잠긴 듯 말했다.

"120근의 철퇴를 휘두른 천하장사였지만 수천의 군사와 대적하기에는 중과부적이었습니다. 암튼 창해역사의 괴력은 대단했습니다."

"수천의 호위군사 덕분에 간신히 목숨을 구했지만 혼비백산하여 도망치는 진왕의 모습은 내가 생각했던 영웅호걸 시황이 아니었습니다."

막내의 말에 둘째가 이어 한 말이다.

재위 31년(해모수 천제)에는 진왕의 폭정에 반발하여 陳勝(진승)이 농민반란을 일으켜 6개월 만에 실패하였으나 이에 자극을 받아 전국적으로 곳곳에 반란이 일어나니 연, 제, 조, 나라의 망국의 백성들이 번조선으로 망명 유입한 자가 수만에 이르렀다.

재위 38년, 한고조 유방으로부터 연의 왕으로 봉해진 盧綰(노관)이 요동의 옛 요새 薊縣(계현)(하북성 옥전현 서쪽 지역)을 정비하고 浿水(패수)(지금의 북경 동북쪽의 강 潮白河(조백하)이다.)를 동쪽 경계로 삼았다.

재위 45년. 노관이 한나라의 여태후의 미움을 받아 숙청되자 흉노로 달아나고 그 부하인 위만이 무리를 이끌고 번조선에 망명을 요구하였다. 이에 천제께서는 허락하지 않았으나, 조선왕 기준이 허락하고 박사로 삼아 변방을 떼어 주어 위만이 현장을 지키게 하였다.

이 해 겨울 천제께서는 68세로 붕어하시니 웅심산 동쪽 기슭에 장사 지냈다.

태자 慕漱離(모수리) 단군께서 등극하시어 아직 국정의 기반이 제대로 갖추기 전에 위만이 번조선 제후국 수유국에 머물던 준왕을 몰아내고 번조선을 가로챘다.

위만에게 권력을 찬탈 당한 번조선 지배계층 五加(오가)의 무리들은 상장 卓(탁)을 받들어 바다를 건너 탁의 고향인 月支(월지)(오늘의 전북 익산)에서 월지국을 세웠다.

이에 앞서 진조선, 번조선 유민들이 이름뿐인 마한의 막조선 지역으로 이주하여 한반도의 변한, 진한을 세워 연맹체를 이루던 중 신흥국 월지국을 중심으로 옛 마한의 政令을 그대로 계승하면서 굳건한 삼한체제를 구축하였으니, 소위 中마한 또는 南三韓시대를 개창한 바 있었다.

"우리가 배웠던 '삼한'이 바로 이 시대였구먼!"

"맞습니다. 그렇지만 우리가 배운 삼한은 국가체제를 갖추지 못한 원시적인 부족연맹체 정도로만 알고 있었습니다."

"국가체제를 갖추지 못했다니? 도대체 국가체제가 어떤 것인데? 막내는 어떻게 생각하는가?"

"소위 고대국가체제를 말하는데 통치구조 내지 조직의 구축, 율령 즉 법령에 의한 제도의 완비 등을 말합니다만, 물론 중국을 기준으로 한 것입니다만……."

"그럼 이 시대가 그 같은 조건을 갖추지 못했다는 건가? 그리고 반드시 중국식이어야 하는가?"

"그럴 리가 있겠습니까? 오히려 중국보다 앞선 국가체제를 갖추었는걸요, 그러나 이런 사실을 입증할 자료가 없기 때문이지요."

"자료가 왜 없어? 집현전의 그 많은 자료는 무엇이고?"

"저는 집현전에 가보지 못했습니다만 제가 한일고대사 관련 공부를 하면서 자료부족을 실감하였습니다."

"그야 일본 사람들이 마구잡이로 없앴기 때문이지, 일제강점기 때 20만 권 이상 없앴던데?"

중국인 둘째가 실제 목격이라도 했듯이 불퉁스레 말했다.

"20만 권이나? 놀랍습니다. 그중에 『삼국사기』나 『삼국유사』가 포함되지 않은 것이 다행이었군요."

"그건 식민사학 구축에 유리하니까 남겨둔 거지. 『삼국유사』는 단군신화로 조작하기 위해, 모화 사대주의에 맞춰 쓴 『삼국사기』는 우리나라가 사대주의에 젖은 나라로 만들기 위한 거였지."

첫째가 역사가를 공부한 사람답게 조금은 시비조로 말했다.

"『삼국사기』가 모화주의에 근거한 것은 사실입니다만, 서술체제는 매우 자주적인 것으로 아는데요?"

"자주적이었다고?"

나와 첫째가 동시에 말했다.

"그렇습니다. 『삼국사기』 서술 체제를 보면 사마천의 사기와 마찬가지로 紀傳體(기전체) 형식입니다. 기전체란 계급을 구분하여 기록하는 것으로 表(표), 本紀(본기), 世家(세가), 列傳(열전)으로 나누었는데 '표'는 황제에게 올리는 글입니다."

"아- 그렇구나. 삼국지에서 읽은 제갈량의 出師表(출사표)가 생각나네."

"예~! 출사표로는 제갈량의 출사표가 가장 유명하지요. 구구절절한 충정어린 내용은 물론 문장도 명문인지라 우리 중국에서는 학생들이 외우다시피 합니다.

'선제(유비)께서 왕업을 시작하신 지 아직 반에도 미치지 못하였는데 중도에서 돌아가시고, 지금 천하가 셋으로 나뉘어 있습니다. 우리 익주는 오랜 싸움으로 지쳐 있으니……

(先帝創業未半(선제창업미반), 而中度崩殂(이중도붕조), 今天下三分(금천하삼분), 益州疲弊(익주피폐)……). "

첫째의 말에 맞장구를 친 둘째 강 씨는 출사표를 줄줄 외울 기세였으나 막내의 이어지는 설명에 멈췄다.

"때문에 『삼국사기』의 표문에는 인종임금에게 성상폐하라는 황제존칭을 사용하였고, 본기 역시 신라, 백제, 고구려 삼국이 황제의 나라였기에 각각 본기에 서술하였습니다. 세가는 봉군(왕) 또는 제후의 기록인데 삼국은 중국과 달리 왕이나 제후가 없었기에 생략하고 열전으로 넘어갔습니다."

"김부식은 철저한 사대주의자로만 생각했는데……. 동생은 어떻게 생각해?"

"저도 형님과 같이 생각했습니다만, 막내의 말을 듣고 보니 그동안 김부식을 너무 일방적으로 몰아붙인 느낌이 듭니다. 그러고 보니 『삼국사기』의 '초기 기록 불신론' 때문에 더욱 부정적인 측면이 부각된 것 같습니다."

"초기 기록 불신론은 또 뭔가?"

"막내는 들어 봤는가?"

첫째가 막내에게 되물었다.

"좀은 알고 있습니다만, 형님께서 먼저 말씀해 보시죠?"

"조선사편수회의 '스다소우키치'가 주장한 것으로 『삼국사기』의 초기 기록을 역사적 사실로 인정하지 않을 뿐만 아니라 삼국 시대 초기 왕들의 존재도 부정하였습니다. 삼국의 초기 왕을 모두 누락시키고 고구려는 6세 태조왕, 백제는 8세 고이왕, 신라는 17세 내물왕부터 왕의 이름을 거론하였습니다. 그 전까지는 왕의 개념이 없다하여 국가다운 국가가 아니었다는 셈이지요.

『삼국사기』에는 신라, 고구려, 백제가 각각 기원전 57년, 37년, 18년에 건국되었다고 기록했습니다만 그 기록은 믿을 수 없다는 것입니다."

"무슨 근거로 그렇게 말했어요?"

중국인 둘째가 한마디 거들었다.

그러자 첫째가 다시 설명을 이었다.

"그건 '임나일본부설' 때문입니다. 일본의 '임나'라는 나라가 4세기경에 한반도 남부를 지배했다는 것인데 『삼국사기』의 이 초기 기록을 인정하게 되면 4세기 이전에 한반도에 강력한 왕권이 있었던 것으로 인정되기 때문에 임나가 한반도에 진출할 수 있는 조건이 안 되는 셈이지요. 해서 『삼국사기』에 임나일본부라는 용어가 나오지 않는다는 이유로 『삼국사기』의 기록을 믿을 수 없다는 것입니다."

"좀 더 구체적으로 말하면 4세기 후반부터 5세기에 걸쳐 임나가 '가야를 근거로 신라에 당도했다'라는 명백한 사건이 있는데도 불구하고 임나라는 용어가 없어 「신라본기」 초기에 보이는 외국관계나 영토에 관한 기사는 모두 사실이 아닌 것으로 본다는 겁니다."

막내가 첫째의 설명에 부연하였다.

"저런 생떼가 있나? 일본기록에 임나가 있는가?"

"있긴 합니다만 일본학자들도 그 신빙성에 대해서는 의문을 많이 품고 있습니다. 720년 도네리친(舍人親[사인친])왕 때 지은 『일본서기』에 물론 이것도 僞書[위서]라는 말이 있습니다만, '임나는 츠쿠시국(筑紫國[축시국]: 규수 후쿠오카)에서 2천여 리 떨어져 있으며 북쪽은 바다로 막혀 있고 계림(신라)의 서남방에 있다'라고 했는데 이는 대마도를 지칭한 것으로 봅니다. 저도 한일 고대사를 연구하면서 한국 측의 자료에서는 임나와 관련된 자료를 찾지 못했는데 이는 한반도에 임나가 존재하지 않았기 때문에 자료가 없는 것이라 봅니다."

"그렇지, 막내도 봤지만 진조선이나 번조선인들이 그곳을 개척하고 일본국의 전초 기반이 된 곳이었지."

"흠~ 스다소우키치가 『삼국사기』를 고의적으로 왜곡하면서 김부식을 폄하하기 위해 김부식의 사대주의를 과장하여 부각시켰구먼, 거기에 우리 역사학자들도 동조 또는 묵인한 거고……."

그사이 모수리 천제께서는 상장 延陀勃[연타발](고구려의 개국공신 연타발과 동명이인)을 평양(지금의 만주 요령성)에 보내 성책을 세워 위만을 대비케 하였다.

모수리 천제는 재위3년에 수도와 지방을 나누어 지키는 법 京鄕分守之法[경향분수지법]을 제정하여 수도는 천제가 직접 군사를 통괄지휘하며 지방은 4구역으로 나눠 오가들이 담당케 하였다.

재위 25년 천제께서 붕어하시고 태자 高奚斯[고해사]께서 즉위하셨다.

• • •

이때 해모수 천제 45년에 위만이 번 조선을 침탈하기 직전 진귀한 보물을 싣고 바다 건너 마한의 왕검성에서 나라를 세웠던 낙랑왕 최승이 곡식 300석을 바쳤다.

재위 42년에 위만이 침략하자 천제께서 친히 보병과 기병 1만을 거느리고 남려성에서 싸워 크게 이기니 그 후로는 위만이 침략치 못했다.

해모수 천제 재위 49년, 환국의 12분국이었던 일군국에서 천제의 안녕을 기원하며 사절을 보내고 방물을 바쳤다.

• • •

그해 9월 고해사 천제께서는 붕어하시고 태자 고우루께서 4세 단군천제로 즉위하셨다.

고우루 천제께서 즉위 원년에 장수를 보내 우거를 토벌토록 했으나 이기지 못하여 조부 모수리 단군님의 아우님이신 高辰[고진](해모수의 둘째 아들)으로 하여금 서 압록(지금의 요하)을 지키게 하여 많은 공을 세운지라 고구려 후(侯)로 삼으셨다.

하지만 재위 3년부터는 같은 종족이지만 위만의 손자 우거의 무리들이 대거 침략하여 해성 이북 50리 땅을 약탈당하고 점령되었다. 이듬해 장수를 보내 해성을 공격하였으나 석 달이 지나도록 함락하지 못하자 재위 6년에는 천제께서 친히 군사를 거느리고 해성을 공략하여 薩水[살수](지금의 요령성 개평현 州南河[주남하])까지 영토를 넓혔으니 구려하(지금의 요하일대) 동쪽이 모두 복속되었다.

고우루 천제인은 재위 13년이 되었다.

한나라 劉徹[유철](한 왕:한 무제의 본명)이 번조선인 위만조선의 수도 平那[평나](옛 왕험성이며 지금의 창려)를 공격하여 힘겹게 우거를 멸하고, 그 일대에 4군을 설치코자 대량의 군사를 사방으로 보내었다.

그러나 졸본에서 동명 국을 건국한 동명왕 고두막한(조선의 마지막 단군천자 고열가의 후손)이 유민들과 함께 구국의 의병을 일으켜 유철의 군대를 격파하니 유철은 4군을 이름만 유지한 채 성과 없이 물러났다.

이를 계기로 동명왕은 백성들로부터 영웅으로 추앙받으며 그 위세가 날로 커지더니 천제님의 재위 34년(고우루 천제님)에 동명왕 고두막한이 사람을 보내었다.

'나는 천제(해모수)의 아들이로다. 장차 이곳에 도읍하고자 하니 왕께서는 떠나시오.' 하며 천제님을 급박하였다.

천제님은 근심 걱정으로 심히 괴로워하시다 마침내 병환으로 붕어하시고 아우 해부루가 단군이 되셨다.

그러나 동명왕이 계속적으로 압박하므로 국상 아란불의 주청에 따라 이에 迦葉原(가섭원)(만주지역 흑룡강 성 통하 현)으로 도읍을 옮겼으니 가섭원 부여 또는 동부여로 불리었다.

• • •

동명왕 고두막한 천제께서는 수만의 무리를 이끌며 북치고 나팔 부는 악대를 앞세우고 백성들의 환호 속에 도성에 입성하여 북부여의 국통을 그대로 이어 받아 5세 단군이 되셨으니 동명국을 세운 지 23년째이다.

고두막한 천제께서는 국명을 북부여로 하시면서 배달 조선국의 정통을 계승했음을 만천하에 공포하셨다.

마침 한왕(무제: 유철)이 사망하고 8세의 어린 아이가 왕이 되어 왕권 기반이 약화된 틈을 이용하여 고두막한 천제께서는 서 압록강(요하에 있는 강이며, 한반도의 압록강이 아님)지역으로 여러 차례 군대를 보내 크게 승리하여 서 압록강을 영토로 편입시켰다.

천제께서는 동명왕 재위 49년, 단군천제 재위 27년 만에 붕어하시고 유명에 따라 졸본 천에서 장사를 지냈다.

태자 高無胥(고무서)께서 6세 단군으로 즉위하셨다.

"동생, 내가 배우기로는 '동명성왕 고주몽'이라 하여 동명왕과 주몽이 같은 사람으로 알았는데 여기서 보니 전혀 다른 사람 같은데 어떻게 된 거지?"

"저도 그렇게 배웠습니다만 대학에서 공부하면서 의문을 가졌는데 여기서 별개의 인물임이 확인한 셈입니다. 사실 『삼국사기』에 같은 인물로 기록하였습니다만 조선 연산군 때 金天齡(김천령)이라는 문인이 쓴 '賦(부)'에 보면 '동명이 창업하고 주몽이 계승하였다(東明創其緖業(동명창기서업) 朱蒙承其餘疲(주몽승기여피))'라고 하여 동명과 주몽은 다른 사람임을 주장했는데 사실인 셈입니다.

동명이 창업하였다는 것은 고두막한 천제가 동명 국을 세우고 동명왕이라 불린 것을 말한 것입니다. 그런데 여기서 보다시피 동명이라는 용어가 우두머리나 군장을 뜻하는 칭호로 사용되는 곳이 있는 것으로 보아 김부식이가 착각한 게 아닌가 싶습니다."

"그럴 수도 있겠구먼."

이즈음에 흑룡강 상류 쪽의 嫩水(눈수)에 있던 동부여 황실의 딸 婆蘇(파소)가 임신을 하게 되었다.

황실로부터 의심을 사게 되어 東沃沮(동옥저)로 피신하였다가 배를 타고서 이역만리 반도의 동 남쪽으로 내려가 조선의 진한 인들이 많이 살고 있는 奈乙村(나을촌)에 이르렀다.

진한은 번 진한 쪽의 많은 유민들이 살고 있었다.

파소는 그곳에서 아기를 낳았고, 아이는 당시 유민들이 많이 사는 6부의 촌장의 하나인 蘇伐都利(소벌도리)의 아들이 되었다.

아이가 총명하여 성덕이 있던 바 13세가 되어 진한6부의 촌장들의 추천으로 居世干이 되어 斯盧國을 세웠다.

거세간이란 뛰어난 사람이란 뜻이었으며 사로국은 후일 신라로 바뀌었다. 아이의 이름은 밝음의 뜻인 박씨를 성으로 삼아 박혁거세였다.

"보자~ 박혁거세 어머니가 부여사람이었네? 그것도 황실집안이었구먼."

처음 듣는 말이기에 장난삼아 했던 말에 첫 째가 말한다.

"형님, 저도 그렇게 까지 몰랐습니다만 부여 역사를 보면서 알게 되었습니다."

"어쨌든 부여 및 고구려 역사를 보다보니 자연히 인접국가에 대해서도 알게 되는 구먼."

차제에 고두막한 천제로부터 降封(강봉)되어 迦葉原(가섭원)으로 천도한 해부루 임금께서는 땅을 개간하여 백성들에게 나누어 주고 굶주리거나 추위에 떨지 않게 보살피시니 몇 년 지나지 않아 나라가 번창해지고 백성들이 번성하였다.

고무서 천제는 재위 8년, 임금께서는 압록강(지금의 송화강) 쪽으로 순행을 하던 중 河伯(하백)(물을 관장하는 직책)의 따님이신 柳花(유화)를 만나 궁으로 데려와 왕후로 삼으셨다.

이에 앞서 유화는 부모 몰래 부여의 황손 고모수와 사랑을 나누던 중 고모수가 갑자기 죽게 되자 고모수를 그리워하며 장탄식의 세월을 보내고 있었던 중이었다.

그해 오월 유화가 귀티가 나는 늠름한 아들을 낳으니 그가 바로 고주몽님이시다. 고모수의 아들이며 해모수천제의 외손으로 4대 후손이셨다.

고무서 천제 재위 10년 어느 하루, 대를 이을 아드님이 없어 산천에 제사를 지내기 위해 鯤淵[곤연](지금의 흑룡강 성 영안현 일대)에 이르렀을 때 왕이 탄 말이 큰 돌덩이 앞에서 눈물을 짓는지라, 괴이하게 여겨 그 돌덩이를 굴려 보니 황금색의 비단 강보에 갓난아이가 개구리가 엎어져 있는 모양으로 엎드려 있었다.

임금께서는 크게 기뻐하시며 '하늘이 과인에게 대를 이을 아이를 주셨다'며 金蛙[금와]라는 이름을 짓고 거두어 길렀다. 금와 왕자는 장성하여 태자가 되어 동부여의 2세 왕이 되었다.

"『삼국유사』에는 금와왕이 유화부인을 만나 주몽을 낳은 것으로 되어 있는데……."

첫째가 고개를 갸웃거리며 혼자 말처럼 중얼거리듯 했다.

"나도 몇 년 전 TV 드라마에서 금와왕과 유화부인의 사랑 얘기를 본 적이 있네만 고증이 잘못된 것이었구먼그래."

"큰 형님께서는 드라마를 역사로 보셨습니다. 저도 어릴 때 본 역사물 영화나 드라마를 보면서 그게 역사인 줄 알았습니다."

일본인 막내가 내 말을 거들었다.

"나는 삼국지 드라마를 보면서 공명이 진짜 동남풍을 불게 하는 줄 알았던 걸요."

둘째 역시 한 마디 거들었다.

고무서 단군께서는 창고의 곡식을 풀어 백성을 구휼하시고 요하 동쪽에 잦은 침입으로 분란을 일으키던 한나라의 군대를 물리쳐 요동을 안정시켜 小(소) 해모수라 불리었다. 그러나 재위 2년, 전국을 순행하신 여독을 이기지 못하고 병을 얻어 붕어하셨다.

평소 천제께서는 동부여에서 망명한 고주몽이 예사 인물이 아님을 알고 공주 소서노와 혼인시켜 가까이 두며 국사의 중책을 맡기셨다. 대를 이을 태자가 없던 천제께서 붕어하실 때 주몽에게 대통을 받도록 유언하시니 주몽께서 유명을 받들어 즉위하셨다.

"내가 알기로는 주몽이 해모수의 아드님이신 줄 알았는데."

"시대가 무려 180년의 간격이 있습니다. 해모수님은 주몽의 고조부인 셈입니다. 그렇구나! 고구려가 700년 역사가 아니라 900년 역사라는 말이 맞습니다!"

그는 탄성을 지르며 엄지를 세웠다.

"무슨 소리야?

"보다시피 해모수님이 나라를 세운 곳이 구려입니다. 때문에 주몽께서도 해모수님의 나라를 계승하는 뜻에서 국호를 고구려라 한 것입니다. "

”우리가 역사를 배울 때도 고구려는 900년이라고 배웠어요. 당나라 때 侍御史(시어사) 賈言忠(가언충)은 '고구려는 900년을 넘지 못하고 80먹은 당의 장수에게 망한다.'라고 했거든요. 그 말대로 80살의 장군 李勣(이적)에게 망했잖습니까?“

“그런데 어찌하여 우린 그렇게 배운 거지?”

“그게 바로 잃어버린 북부여의 역사 때문입니다. 우리는 그동안 해모수만 배웠지 해모수 이후 2세 모수리 천제님, 3세 고해사 천제님, 4세 고우루 천제님, 5세 고두막 천제님, 그리고 마지막 천제님이신 고무서 천제님에 대해서는 전혀 모르고 있었던 역사였지요. 이런 사실을 모르는 김부식은 가언충의 말은 잘못된 것이라 했습니다.”

“이런 역사가 있음에도 모르고 있었단 말인가? 기록조차 없었다는 것인가?”

“기록이 전혀 없는 것은 아닙니다. 우선 광개토대왕님의 비문에 '시조 추모 왕께서는…… 북부여에서 유래한다.' 라는 문구가 있습니다. 북부여에서 출발했다는 뜻입니다. 그 외 『삼국사기』나 『삼국유사』에서 북부여, 동부여, 부여 등 단편적으로 언급되긴 했으나 그 내용이 부실하고 체계성이 떨어져 부여사의 전모를 알 수 없습니다. 아! 그러고 보니 고려 말의 문신이자 두문동 72인 중의 한 분이었던 伏崖(복애) 范樟(범장)이라는 학자가 쓴 『북부여기』가 있었다는데 보진 못했습니다.”

"그 책도 징발 압수당했던가?"

"그건 모르겠습니다만, 그 책이 북부여에 대한 상세한 기록을 썼겠지요. 암튼 북부여 이외 해부루가 세운 동부여, 해부루의 손자들이 세운 갈사부여, 서부여(연나부 부여) 등의 기록이 중국 사료나 국내 사료에 간단히 보이긴 합니다만……."

이즈음에 동부여 해부루 임금께서는 재위 39년에 崩御(붕어)하시고 태자 금와가 즉위하여 41년간 재위하였다.

금와왕 재위 24년에는 부친의 왕후였던 유화부인이 세상을 떠나자 고구려에서 수만 명의 호위병을 보내 영구를 졸본으로 모셔가서 황태후의 예로 장례를 치렀다.

금와왕이 붕어하시고 태자 대소가 즉위하여 28년간 재위하였다.

재위 원년 10월에는 대소 임금께서 직접 5만의 군사를 이끌고 유화부인과의 원한 등으로 고구려 졸본성을 공략하였으나 큰 눈이 오고 추운 날씨 때문에 많은 군사들이 죽게 되자 물러났다.

재위 19년에도 다시 고구려를 침공하였으나 학반 령 계곡에서 복병을 만나 크게 패하였다.

재위 28년에는 고구려의 침략을 받아 왕께서 몸소 군사를 이끌고 싸우다 고구려 상장 怪由(괴유)에게 죽임을 당했다. 이로써 동부여는 3세 대소에 이르러 64년간의 국통을 마감하였다.

대소임금이 고구려와의 전쟁에서 죽자 그의 동생이 백성을 이끌고 曷思水(동만주의 우루리 강)로 옮겨 갈사국(일명 갈사부여)을 세웠으나 그 손자인 도두왕이 날로 강성해지는 고구려에 나라를 바치고 항복했으니 47년간의 갈사국이 운명을 다했다.

갈사부여가 건국될 무렵 7월 대소임금의 從弟가 옛 도읍의 백성 1만 명을 이끌고 고구려에 투항했다. 이에 고구려에서는 椽那部왕으로 봉하고 絡(諾씨의 원조로 추정) 씨의 성을 내려 연나부를 다스리도록 했다.

그 후 점차 자립하여 6세 依慮왕 때 白狼山(지금의 대양산)으로 옮겨 터를 잡아 부여의 국통을 잇고자 연나부 부여 또는 서부여의 국명으로 부활하였다.

하지만 의령왕은 선비족의 慕容氏와의 전쟁에서 패한 후 아들에게 나라를 양위한 후 바다를 건너 왜를 평정하고 왕이 되었으니, 곧 일본 최초의 통일 왕조 '야마토'(大和)이며 應神 왕이다.

"우리 일본에서는 최초 천황 응신에 대해서 가공인물이니, 백제의 근구수왕의 동생이니 등 여러 가지의 설이 있는데 결과적으로 서부여의 의려 왕 이었습니다."

둘째가 막내의 말을 받아 한마디 한다.

"일본의 왕조는 결국 조선인들 간의 권력쟁투의 잔치 마당이었네그려."

서부여는 그 후로도 200여 년간 나라를 유지타가 고구려 21세

문자열제
文咨烈帝 때 나라를 바쳐 500년간의 역사를 마감하였다.

"우리는 그동안 부여가 빠진 토막토막 도막난 역사를 배운 셈이구먼, 부여는 우리 민족사의 잘려진 연결고리였어."

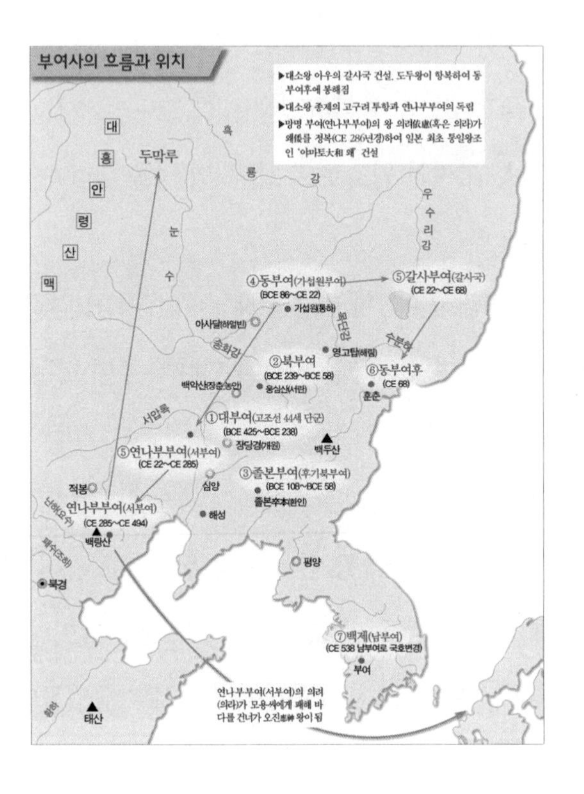

~『삼국사기』에 같은 인물로 기록하였습니다만 조선 연산군 때 김천령(金千齡)이라는 문인이 쓴 부(賦)에 보면 '동명이 창업하고 주몽이 계승하였다(東明創其緖業 朱蒙承其餘疲)' 라고 하여 동명과 주몽은 다른 사람임을 주장했는데 사실인 셈입니다.

해양 제국 대 백제

그사이 주몽성제께서 고구려를 창업한 지 15년에 이르렀을 때 동부여에서 숨어 살던 성제의 아드님이신 유리가 모친 芮氏(예씨)와 함께 찾아오자 성제께서는 유리를 태자로 삼으셨다.

앞서 성제께서는 '만약 적자 유리가 오면 마땅히 태자로 봉할 것이다'라 누차 말씀하셨다.

성제의 왕후 召西弩(소서노) 왕후는 두 왕자 沸流(비류)와 溫祚(온조)의 장래를 염려하여 경인년 3월(BCE 42)에 따르는 무리를 이끌고 浿帶(패대)(현 하북성 난하 일대)로 이주하였다. 그곳은 옛 단군조선 번한의 초대임금 치두남이 다스리던 12성 중의 하나인 백제라는 곳이었다.

"동생, 내가 배우기로는 소서노는 공주가 아니라 두 아들을 가진 과부로 배웠거든, 그 아들이 비류와 온조라 했는데."

"흐흐 형님, 저도 그렇게 알고 있었습니다. 사실 김부식도 『삼국사기』「백제본기」에 '주몽이 부여 공주와 결혼했고 비류와 온조를 낳았다'고 하면서도 소서노가 연타발의 딸이자 비류, 온조의 두 아들을 가진 과부로 헷갈리게 기록하였지요. 물론 전하는 말이라는 것을 전제하긴 했지만. 학계에서는 전하는 말을 정설로 믿어버린 것이 이처럼 왜곡되었습니다. 실소를 금할 수 없습니다."

소서노 왕후는 나라를 개척한 지 10년 만에 남으로는 帶水(요하)에 이르고 동으로는 바다에 닿는 500리의 국토를 가지는 나라를 세우고 스스로 왕이 되었다.

동시에 소서노는 주몽성제께 사신을 보내 고구려를 대국으로 섬길 것을 청하니 성제께서는 크게 기뻐하시고 왕으로 책봉하시며 '於瑕羅(소서노가 다스리는 지역일대 명칭으로 고구려의 제후국 의미)'라는 칭호를 내리셨다.

소서노왕이 나라의 기틀을 굳건히 다지고 재위 13년 만에 세상을 떠나자 태자 비류가 즉위하였으나 어머니만 못하여 失政을 거듭하였다.

"난 선덕여왕이 우리 역사상 최초의 여왕이라 생각했었는데……."

"소서노가 고구려 건국에 큰 역할을 한 것은 알고 있었습니다만 나라를 열고 왕이 된 것은 몰랐습니다. 여장부를 넘어서는 여걸이라 하겠습니다."

"한참 후의 일입니다만 우리 일본에도 소서노 같은 여왕이 있었지요. 히미코(卑彌呼)여왕이라고……."

"진구(神功)여왕이 아니고?"

첫째가 되물었다.

"아, 예. 히미코와 진구여왕은 같은 사람이라고도 합니다만, 우리 일본고대사에서는 논쟁거리입니다. 저는 같은 사람으로 보고 있습니다만 대마도와 규슈일대를 통일한 여왕이지요."

"그 여왕이 우리나라의 연오랑 세오녀의 전설과 연관이 있다던데?"

"가야 김수로왕과도 관련 있다는 설도 있고요, 암튼 한반도에서 왔다는 주장이 많습니다만……."

첫째와 막내의 얘기 중에 둘째가 불쑥 끼어들었다.

"우리 중국에는 則天武后가 있었고……."

• • •

비류의 동생 온조는 어머니의 위업을 제대로 잇지 못하는 비류에 실망을 느껴 馬黎(마려)등의 신하들과 함께 바다 건너 조선의 마한으로 이주하여 도읍지를 물색하였다.

이때 마한은 진한, 변한을 아우르는 남 삼한의 맹주로서의 역할을 하던 월지국이 쇠망하자 여러 나라로 분리되어 무주공산의 상태였다.

다만 남 삼한의 동부지역의 진한부근은 박혁거세를 비롯한 居西干(거서간), 次次雄(차차웅), 尼師今(이사금) 등이 나라 체제를 굳히고 발전하였다.

온조는 처음엔 彌鄒忽(미추홀)(지금의 인천 일대)에 이르렀으나 사람이 적어 도읍지로는 미흡하여 漢山(한산)(서울 일대)의 하남 慰知城(일명 위례성, 서울 송파구 풍납토성)에 도읍지를 옮겼다.

북으로는 漢水(한수)(한강)를 끼고, 동으로 험준한 산과 지형이 천연 요새로서의 지리적 이로움이 있으며, 남으로는 기름진 평야를 보듬고 서쪽으로 큰 바다가 인접하였으니 가히 천년도읍지라 할 수 있었다.

온조는 어머니 소서노가 고구려를 떠나 처음 자리 잡았던 중국 동해 쪽 백제성과 그곳에서 대업을 성취한 어머니를 기리고자 국호를 백제로 하였다. 그러고는 북부여를 재건한 외조부 동명왕의 사당을 지어 시조로 모시며 부여를 성씨로 삼았다.

"『삼국사기』에는 '위례성에 도읍할 시 10명의 신하가 도왔으므로 十濟(십제)라 하였다가 비류가 죽자 그 백성들이 온조에 복속하여 백제로 고쳤다' 했는데 그게 아니었군요."

"처음부터 백제였는데 무슨 십제? 김부식이가 소설을 썼구먼, 비류가 죽자 백성들이 나라를 백제에 바친 것은 사실이지만……."

내가 첫째의 말에 토를 달듯이 했다.

아우만 못한 비류가 죽자 그 백성들이 온조에게 복속키로 하자 온조 임금은 어머니 소서노가 쓰던 어라하의 칭호를 계승하고 그 땅을 백제의 속지이자 분국으로 운영하며 대륙 진출의 교두보로 삼았다.

이 무렵 고구려 개국공신 陜父(협보)가 2세 왕 유리 열제와 의견 충돌로 조정을 떠나 마한산(지금의 평양)에 은거하던 중이었다. 이에 협보를 추종하던 자들과 규합하여 바다를 건너 일본의 규슈지역의 狗琊韓國(구야한국)(현재의 후꾸오까 일대)에 잠시 머물고는 阿蘇山(아소산)으로 옮겨 주몽성제의 뜻을 다시 펼치고자 多婆羅國(다파라국)을 세웠다.

온조 임금은 개국 이후 북쪽의 낙랑국과의 우호를 다지면서 한수이남 마한, 변한 지역의 여러 나라를 복속시켜 마침내 마한 왕을 겸직하며 한반도의 중서남부 일대의 맹주로 성장하였다.

한편으로는 대륙의 분국에 인접한 한사군의 하나인 낙랑군과 말갈의 잦은 침입을 물리치면서 오히려 중국지역 쪽으로 영역을 확장하였다. 그 영역이 양자강, 황하유역과 요서 쪽이었다.

"아니! 백제가 한반도에만 있는 것이 아니라 중국대륙에도 있었

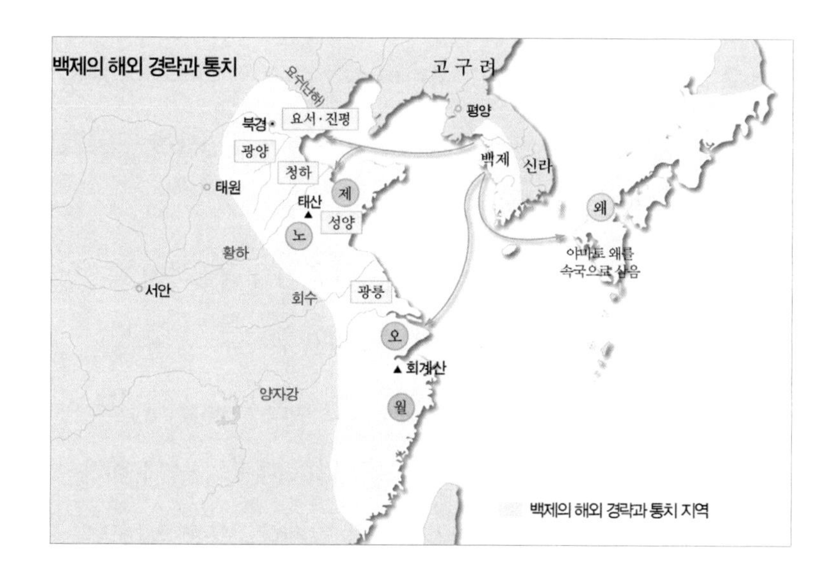

단 말인가?"

"대륙에 백제가 있었다는 얘기는 심심찮게 거론되고 있었습니다만 아직 정설로 인정받지 못하고 있었는데……."

첫째는 나의 놀라움에 답을 하면서도 그 역시 믿기지 않은 듯 말끝을 흐렸다.

온조왕의 아들 多婁(다루)왕 때는 自鳴鼓(자명고)를 가졌다는 낙랑국을 고구려 대무신왕 호동왕자와 연합하여 멸망시키고 낙랑국 남부일대와 한반도 중북지역 동옥저까지 영역을 넓혔다.

그 아들 己婁(기루)왕은 고구려의 태조열제와 연합하여 대 船團(선단)과 군대를 보내 요서공략을 하여 요서일대를 장악하였다.

그 후 8대 古爾(고이)왕 때는, 위나라 유주자사 관구검과 낙랑군태수〈낙랑국이 아님〉 유무, 삭방태수 왕준이 합동으로 고구려 정벌에 나서자, 전쟁을 통해 낙랑군의 국방이 허술한 틈을 이용하여 좌장 진충을 보내 낙랑군의 변경을 습격하여 수천의 주민들을 포로로 잡고 수많은 물자를 노획하였다.

10대 汾西(분서)왕은 마침내 낙랑군의 서부현을 기습 공격하여 백제영토로 삼았으니 요서가 백제의 영역으로 되었다.

낙랑군의 자객에 의해 분서왕이 암살당하는 비운을 겪기도 하였으나 백제는 북중국의 요서에 머물지 않고 대륙의 동해 해안선을 따라 남 중국 구석구석 식민지를 만들고 제해권을 장악하였다.

또한 고구려를 공격하여 고국원왕을 전사케 하고 남평양(현재의 평양)을 점령하여 上漢城(지금의 황해도 재령)으로 천도까지 하게 한 것은 13대 近肖古 14대 近仇首왕 때였다.

이후 고구려 광개토 열제에 의해 잠시 지배당하기도 했지만 대마도와 야마토(大和) 倭를 속국 내지 위성국가로 삼았다.

신라역시 백제와 겨루기를 하면서 江西省(오늘의 장시성이며 중국양자강 하류지역임) 일대를 분국 속지로 운영하였다.

신라는 나라이름을 서라벌에서 금성 등으로 변경하더니만 신라로 변경하였다.

그 후 백제와 고구려와 경쟁과 연합을 하면서 중국의 양자강 일대를 속지와 분국으로 운영하였다.

"신라도! 중국을 지배하였네!"

내가 큰 소리로 질문 아닌 질문을 던졌다.

"신라도 중국을 속지로 운영하였다는 게 믿기지 않습니다. 백제는 그렇다하더라도...."

첫째 동생도 놀라기는 마찬가지였다.

"그렇군요, 제가 연구하다보니 지금 중국 각 지역에 조선의 지역인 백제나 신라의 이름이 중국에 많이 나와 있습니다. 글자도 똑같은 것이 많은데 그게 속국과 연관이 있는지도 모르겠습니다."

막내의 말은 이어졌다.

"영국이 식민지나라에 자기들의 이름을 그대로 붙이듯이 조선의 백제나 신라가 이런 것이 아닐 런지요."

"그렇겠네~~~ 신라에 대해서도 연구를 해야 겠네"

막내를 제외하고 모두들 그렇게 대답했다.

• • •

'지금은 백제 일본 쪽을 먼저 보고 다음 신라 쪽을 더 살펴보시는 게 좋을 것 같습니다.'라며 막내는 말을 이었다.

"음, 그렇구나. 임나는 고구려, 신라, 백제 삼국이 나누어 분할 통치하던 때를 三加羅[삼가라](신라 계 좌호 가라, 고구려 계 인위 가라, 백제 계 계지 가라)라 하였구나.

두 섬 중 큰 섬에서 지금의 佐護[좌호]평야는 신라가, 나머지 仁位[인위]평야는 고구려가, 따로 떨어진 鷄知[계지](게이찌)평야가 있는 섬은 백제가 통치하였네. 그리고 그 통치자를 汗[한]이라 했으며 통틀어 삼한 또는 삼가라라 불렀고, 히미코와 진구가 결국 같은 사람이었으며, 진구여왕이 이를 통합하였고 후에 백제, 고구려에 의해 속국이 되고……. 이를 두고 '삼한'이라 기록하였구나."

"막내, 무슨 말인가?"

막내가 혼자 말처럼 중얼거리듯 하는 말에 첫째가 정색하며 물었다.

"예, 형님. 『일본서기』에 '是所謂地三韓也'의 '삼한'이라는 기록이 있는데, 삼가라의 통칭으로 삼한이라 쓴 것 같습니다. 진구여왕이 삼가라를 통합한 것을 임나의 한반도 '삼한정벌론'으로 왜곡한 것이고요."

"삼한정벌? 진구여왕이 한반도로 들어간 것이 아니라 신라에서 온 왕족이었잖은가? 신라왕족이기 때문에 백제계 고구려계 유민들의 저항이 컸는데 최종적으로 백제계로 정권이 넘어가고 말았지만, 삼한정벌이라니! 말 그대로 역사의 왜곡, 아니 날조하였네."

내가 잠시 동안 지켜봤던 임나의 변천 과정을 염두에 두며 한마디 거들어 보았다.

"아무튼 진구여왕이 여걸임에 틀림없습니다. 동생을 권좌에 밀어내고 천하를 호령한 모습은 일본인들이 신격화시킬 만합니다."

"일본의 왕조는 신라, 백제, 고구려의 권력 쟁투의 중심지였습니다. 임나가 이렇게 분리되었다니..."

둘째가 임나에 대한 결론을 짓듯이 말했다.

또한 백제는 고구려의 지배를 받던 涉羅(탐라, 제주)를 점거하여 남방항로의 기항지로 삼는 한편, 뛰어난 造船技術 즉 '舫'이라는 대형 선박제조기술인 구다라 선 즉 '百濟船'(왜에서는 크고 튼튼한 배의 대명사로 구다라 선 '百濟船'이라 함)과 항해술로 섬라(태국), 부남국(캄보디아), 인도와 교역하면서 流球國(오키나와)을 중간기

좌호가라(좌호평야)
신라
인위가라(인위평야)
고구려
계지가라(계지평야)
백제

점으로, 북 규슈와 대만 해협을 지나 黑齒國[흑치국](필리핀 군도)에 이르는 상설 항로를 개척하였다.

백제는 22개 개척지역에 왕족들을 파견하여 擔魯[담로]라는 관직으로 총괄 통치자로 주재시켰다.

"제가 연전에 한국을 방문하여 백제 금동 대향로를 본 적이 있는데 신비로움과 예술적인 가치에 대해서는 말할 것도 없지만 거기에 새겨진 동물, 특히 코끼리나 악어 등을 보면서 백제인들이 이런 동물들을 어떻게 알았을까 궁금했는데 오늘에야 풀립니다.

이제 볼 것 같으면, 동남아 지역은 물론 인도까지 넘나들었던 백제인 들이니 악어나 코끼리 등을 모를 리 없는 것이지요. 그 향로는 백제가 해양제국을 건설한 상징적인 물건일 수 있습니다. 정말 세계적인 보물입니다."

막내가 새삼 감탄하듯 말했다.

"백제 판 해상 실크로드이군요."

"해상 실크로드? 멋진 표현일세, 허허."

둘째의 말에 내가 답하며 웃자 모두가 같이 웃으며 동감했다.

"그런데 필리핀을 흑치국이라 했는데 혹시 백제멸망 후 부흥군 장수였던 黑齒常之와 연관이 있을까?"

내 물음에 둘째가 얼른 질문하였다.

"나중에 확인되겠습니다만, 맞을 겁니다. 우리가 당나라 역사를 배울 때 반드시 등장하던 장군으로 낙양 시 북망산에 묘가 있습니다. 墓誌銘에 그 선조는 부여 출신이고 흑치에 봉해져 그 자손이 성으로 삼았다(基先出自扶餘氏封於黑齒子孫人爲氏彦)라고 했습니다. 부여 출신이란 백제를 말한 것이고 흑치라는 지역의 수장으로 봉해졌음 뜻하는 것이 아니겠습니까?"

"아니, 흑치상지가 중국역사에서도 등장할 정도로 유명인물인가?"

"그건 흑치상치가 당나라에 귀순하여 돌궐과 티벳 정벌에 큰 공을 세웠기 때문입니다."

중국인 강 씨가 한 말이다.

"그래? 나는 몰랐네. 그가 당나라에 귀순했었구나."

" '흑치상지인 그는 품성이 빼어나고 굳세면서 자질이 뛰어나 사리에 통달했으며, 힘으로는 무거운 빗장을 들어 올릴 수 있었고 지혜로는 외적을 방비할 수 있었지만 자랑하거나 떠벌리지 않았다.

모든 사람들이 그를 우러러보았다'라고 기록할 정도로 훌륭한 장수였습니다. 오죽했으면 측천무후가 '백제는 흑치상지가 있었는데 왜 패망했는지 모르겠다.'고 했을 정도였으니까요."

둘째 강 씨는 내 말에 부연하여 제 자랑처럼 설명해 주었다.

"백제로 봐서는 배신이지요. 당에 귀순하여 한때는 백제 부흥군을 토벌하기도 했으니까요, 그가 배신하지 않았다면 측천무후가 말한 것처럼 백제의 부흥이 성공할 수도 있었을 겁니다."

"그렇구나, 안타깝구먼."

"글쎄요, 흑치장군의 배신이 아니었다면 과연 부흥 군이 성공할 수 있었을까요? 당시 당나라의 국력과 국제정세로 봐서는……."

"그렇다고 나라를 배신해?"

첫째는 흑치장군을 변명하듯 하는 둘째의 말에 날을 세우듯 대꾸했다.

"허허, 그만들 하게나. 그런 위인들이 있기에 역사가 만들어진 것 아니겠는가?"

"그렇습니다. 그런 위인들에 의해 역사가 만들어집니다만 그렇게 만들어진 역사, 엄밀히 얘기한다면 역사적 사실이겠지요. 역사적 사실을 후세 인간들이 어떻게 평가하고 기록하는가에 따라 또 다른 역사가 만들어지는 것이 아니겠습니까?"

막내의 주장이었다.

"또 다른 역사? 역사란 하나이어야 하는 게 아닌가?"

"그건 역사적 사실인 것이지요. 현재 우리가 보고 있는 사실은 분명 하나입니다만 기록을 할 때 어떻게 하느냐에 따라, 그것도 오늘이냐, 내일이냐, 아니면 며칠 후인가에 따라 달라질 수 있겠지요."

"역사가 달라진다? 사실은 하나인데 역사는 몇 개가 될 수 있다? 우리가 본 이 현장은 하나뿐인데 어떻게 달라진단 말인가?"

첫째는 막내의 답변에 큰 의문을 가진 듯 말했다.

"형님, 문제는 우리는 현장을 직접 보았지만 현장을 보지 못한 사람이 더 많을 뿐 아니라 설령 현장을 직접 본 사람이 기록을 한다할 지라도……."

"관점에 따라 다르게 기록한다는 말이지? 그걸 소위 말하는 사관이라는 것이고?"

"맞습니다, 큰 형님. 요즘처럼 동영상이라도 이용하여 기록물을 만들지 않는 한 인간에 의해 기록되는 것은 그가 아무리 객관적이고 합리적인 관점을 가졌다고 하더라도 주관적인 면은 배제할 수 없는 것입니다. 한 사건을 평가하고 기록하는 순간부터 이미 주관이 개입되는 판국에 하물며 10년, 100년, 1000년 이후라면 더할 나위 없을 것입니다. 때문에 先史時代(선사시대)의 유물을 제외한 이 세상의 모든 기록물, 즉 역사서는 크든 작든 事實(사실) 또는 진실과는 歪曲(왜곡)될 수밖에 없는 것이지요."

"후후, 막내, 선사시대 유물도 조작하더군."

둘째가 짓궂게 막내의 말을 끊고 끼어들자 막내의 당황스런 표정이 역력했다. 이에 첫째가 일본 미야기현 가미타카모리 구석기 유물 조작사건을 얘기해 주자 막내의 표정은 순간적으로 더욱 일그러지듯 하더니 다시 말을 이었다.

"그런 조작이나 날조는 역사에 죄를 짓는, 해서는 안 될 행위이겠습니다만 그런 행위를 하는 것은 그릇된 신념이나 이념에 바탕을 둔 自家撞着(자가당착)적인 독선일 수 있겠지요. 하지만 이런 경우도 있습니다."

막내를 제외한 세 사람 모두가 귀를 쫑긋하며 다음 말을 기다렸다.

"19세기 말 발견된 알타미라 동굴벽화를 본 대부분의 고고학자들은 15,000년 전의 사람들이 이렇게 훌륭한 그림을 그릴 수 있다는 건 말도 안 되는 소리라며 발견자의 조작으로 치부하였습니다.

그러나 그들의 주장이 자신의 지식 한계로 인한 자만심이 낳은 편견이었음이 프랑스 남서부와 피레네산맥의 동굴에서 유사한 구석기 시대의 벽화가 발견되면서 밝혀진 것입니다. 다시 말해서 15,000년 전의 그 시대에도 우리가 생각하는 것처럼 生存(생존)에 급급한 무지몽매한 원시인들의 삶이 아니라 색감이나 질감, 그리고 입체감까지 표현할 정도로 발달된 문화와 문명이 존재했음을 인정할 수밖에 없었던 셈이지요.

물론 자의적인 것은 아니지만 구석기시대의 그림을 우리 스스로 평가절하 하는 것 제차가 역시 편견이나 무지가 만들어낸 역사 왜곡이나 조작이 아니겠습니까?"

"맞는 말이야. 무지나 편견 그 자체가 또 다른 왜곡과 조작이 될 수 있다는 것을 우리가 이 여행을 통해 배운 그대로야."

"그렇다면 우리처럼 역사 현장을 실제로 보지 못한 사람들은 역사를 어떻게 써야 합니까?"

둘째는 막내나 첫째 동생을 번갈아 보면서 짐짓 질문은 나에게 하였다.

"첫째가 대답해 보게나?"

동생은 잠시 생각하더니 답한다.

"우선 역사를 쓰기에 앞서 역사를 어떻게 볼 것인가가 문제일 것입니다. 사실 이는 역사를 공부하는 사람에게는 영원한 숙제일 테지만, '역사는 다시 쓰여 진다'는 말이 있듯이 오늘의 관점에서 역사를 보는 게 맞겠지요."

"그럼 막내는 어떤가?"

"역사를 쓰는 사람은 그 사람이 살고 있는 시대를 거를 수 없을 겁니다. 볼 수 없는 과거보다 오늘의 관점에서 쓸 수밖에 없을 것입니다."

"그렇지만 현재의 잣대로만 본다면 과거의 역사는 모두 否定(부정)될 수 있는 함정이 있지 않을까? 개인의 창의성과 자유주의가 보편화된 오늘날의 관점에서 본다면 과거의 모든 역사는 '전체주의'나 '독

재주의, 권위주의' 등의 부정적인 면만 보일 것이며, 과학발달과 물질적 풍요를 누리는 현재의 눈으로 본다면 지난 역사는 무지의 역사요, 빈곤의 역사로 顚落(전락)될 수도 있고..."

내가 말을 하는 중이었으나 막내가 말을 받았다.

"물론입니다. 어제 없는 오늘이 없듯이 현재를 역사 발전의 결과이자 과정으로 생각한다면 그 당시의 시대적 상황을 무시 또는 부정해서는 안 될 것입니다. 우리가 이렇게 역사 여행을 하다 보니 더욱 뼈저리게 느낍니다."

"문제는 시대적 상황을 얼마나 잘 파악하느냐에 달렸겠지, 우리처럼 이렇게 역사 현장에 있다면 쉽겠지만."

"그러고 보니 얼마 전에 봤던 정림사 5층 석탑에 새겨진 기록이 생각납니다. 편견에 의한 역사 부정의 사례가 있습니다."

막내가 화제를 슬쩍 돌렸다.

"음, 소정방이가 썼다는 그 기록?"

"예 맞습니다. 그것 때문에 옛날에는 백제를 평정했다는 平濟塔(평제탑)이라 불리었지요."

"그래, 내가 학생 때 그렇게 배웠어. 소정방이가 백제를 멸한 기념으로 세웠다고 했는데 그건 아닌 모양이더군, 원래 있던 탑에 새긴 것이라 하더니만……. 그런데 그 기록이 왜?"

나는 막내에게 되묻고는 첫째에게 눈길을 돌려보았다. 첫째는 특별한 반응을 보이지 않으면서 백제의 멸망과정 등 명예롭지 못한 내용이 기록되어 있다고만 했다.

“물론 명예롭지 못한 기록입니다만 그 내용 중에 백제의 강성했던 국력을 가늠할 수 있는 것이 있습니다. 저도 처음 봤을 때는 무심코 넘겼다가 몇 번 읽어 보면서 의문이 생기기도 하였습니다만 오늘에야 그 궁금증이 풀린 것입니다.”

“그게 뭔가? 소정방이 그걸 기록했단 말인가?”

첫째는 매우 당황스럽게 물었다.

“그 기록 중에 「凡置五都督府(범치오도독부) 戶二十四萬(호이십사만) 口六百二十萬(구육백이십만)」란 구절이 있습니다. ‘5도독부를 두었으며, 24만호에 인구가 620만이다’라는 뜻이지요. 5도독부란 熊津(웅진)· 馬韓(마한)· 東明(동명)· 金連(금련)· 德安(덕안)이었는데요, 그런데 웅진도독부는 백제 도읍지에 위치하였으나 마한, 동명, 금련, 덕안의 도독부는 어디인지 알 수 없지만. 아마 중국 대륙의 어딘가에 있을 것 같지만 무엇보다 24만호에 인구가 620만이라면 앞뒤가 맞지 않는 것입니다. 한 가구당 5명을 기준으로 한다 하더라도 24만호면 120만에 불과한데 620만은 어디서 나온 수치일까요? 작은 형님, 통일신라시대 인구가 얼마나 된다고 생각하십니까?”

갑작스런 질문이었는지 첫째는 잠시 머뭇거리다 대답한다.

“흠, 글쎄 전성기 때 경주가 20만호라 했으니 3~400만 정도?”

“그렇지요, 당시 통일신라 인구를 3~400만으로 추정하고 있는 것에 비한다면 통일신라의 절반도 안 되는 한반도의 백제가 620만은 너무 많다고 생각되지 않습니까?"

"맞는 말일세!"

"그렇구나!"

나와 첫째는 거의 동시에 큰소리로 맞장구를 쳤다.

"그렇지만 만일 도독별 24만호라고 가정해 본다면 120만의 5배이니 비슷한 수치가 됩니다. 다시 말해서 웅진도독부는 백제에 있었다지만 나머지 도독부는 중국의 어디엔가 있었다는 겁니다. 인구 620만이라는 수치는 지금 우리가 보고 있는 중국 대륙에 있던 속국이나 식민지 지역을 아우르지 않으면 나올 수 없는 것입니다. 이건 백제는 멸망할 때까지 대륙에 백제 땅, 즉 백제라는 나라에 속국이나 분국이 있었고 당시의 소정방은 있는 그대로 기록할 수밖에 없었을 것입니다."

"아, 그러고 보니 당나라가 백제부흥운동이 본격화되자 부흥군을 진압하고자 파견한 군사가 나당연합군의 13만보다 더 많은 군을 파견하였다고 『삼국사기』에 기록했는데 단순히 한반도내의 부흥군 때문에 그 많은 13만 이상의 병력을 보낸 것이 아니구먼, 한반도뿐만 아니라 중국 대륙 내 곳곳의 백제부흥운동이 치열하였기에 대 병력을 동원할 수밖에 없었겠구먼."

"우리 중국 땅에 백제라는 지명이 곳곳에 있는데 지금 보니 그게 모두 백제의 속국이거나 식민지였던 흔적이었네요."

"우리가 오늘 본 백제가 중국 대륙을 포함한 여러 곳의 해양제국을 건설한 백제임에도 불구하고 한반도의 서남쪽 일부를 차지한 조그마한 나라로만 기억했던 편견 때문에 정림사지의 탑에 새겨진 기록을 무심코 넘겨버리는 것입니다. 이 역시 무지나 편견에서 나온 또 다른 역사의 왜곡이자 날조가 아니겠습니까?"

나와 첫째동생이 한말에 막내 동생이 결론처럼 한 말이었다.

• • •

백제의 해외진출과 대 제국으로서의 국가경영은 200여 년간 지속되면서 24대 東城(동성) 왕대에 절정을 이룬다.

중국 山東半島(산동반도)에 分國(분국)의 도읍지인 西京(서경)을 설치하여 북경 지역과 산동성, 長江(장강)(揚子江(양자강))이남 晉平(진평)(현 상해일대)을 식민지로 경영하였다.

나라의 규모가 커지자 단군조선의 삼환관경제의 체제를 도입하여 백제대왕을 축으로 하여 중국대륙을 관장하는 右賢(우현)왕, 일본은 左賢(좌현)왕이 관장토록 하였으며 주요 지방은 제후로 봉하였다.

"『삼국사기』의 백제본기 동성왕조에 '위나라 군사가 침략하였으나 패하고 돌아갔다'고 하였는데 대륙에 있는 위나라가 바다 건너 수천 리 떨어진 백제를 어떻게 침략했는지 의문이었는데 우리가 본 것처럼 이제 보니 대륙에 있는 백제를 침략하다가 백제군에 의해 쫓겨난 것입니다. 그것도 북방을 통일했다는 북위의 孝文帝(효문제)가 두 차례나 수십만을 이끌고 침략했다가 백제군에 의해 몰살당한 것이군요."

백제군이 위나라의 침략을 물리치는 것을 보면서 모두들 감탄에 가까운 말이었다.

"야간 기습에 무너지는 위나라 군사들의 모습이 마치 바닷물에 쓸려가는 것 같았는데 말 그대로 電光石火와 같은 작전이었습니다. 몰살당한 것 아닙니까?"

둘째는 자신이 전투에 참가하여 공이라도 세운 듯 말한다.

"時山血海(시산혈해)라 했던가요? 위나라의 처참한 패배였습니다."

동성왕은 수훈을 세운 백제 장수들에게 지역별 제후격인 面中(면중)왕 姐瑾(저근)을 都漢王(도한왕)으로, 八中侯(팔중후) 餘古(여고)를 阿錯王(아착왕)으로, 建威(건위)장군 餘歷(여력)을 邁盧(매로)왕으로, 廣武(광무)장군 餘固(여고)를 弗社侯(불사후)로 임명했다.

뿐만 아니라 중국 요서에 진출한 백제군이 위기에 처하자 본국에서 대륙에 장군들을 파견하여 그 전쟁에서 이긴 沙法名(사법명)을 征虜將軍(정로장군) 邁羅王(매라왕)으로, 贊首流(찬수류)를 辟中王(벽중왕)으로 삼고, 解禮昆(해례곤)을 弗中侯(불주후)로, 木干那(목간나)를 面中侯(면중후)로 임명했다. 나라의 규모를 본다면 틀림없는 황제 국이었다. 때문에 삼국사기에서도 황제로 표시한 것이다.

"南齊書(남제서)에 왕이 왕을 봉했다는 것이 좀 이상하다 했더니 백제왕은 이미 김부식이 『삼국사기』에 적은 것처럼 황제와 동격의 왕이었습니다."

"자네는 한국사 교사인 나보다 더 우리 역사를 많이 알고 있네."

"일본 고대사를 연구하다 보니 자연히 알게 된 것이지요. 그동안 미스터리였는데 하나씩 풀려가니 정말 좋습니다."

"그런데 좀 전에 보니 광양태수, 대방태수, 광릉태수, 청하태수, 낙랑태수, 성량태수, 조선태수로 제나라 왕이 중국의 관직을 제수했는데 이건 어떻게 된 것이죠?"

중국인 둘째가 우리에게 조금 시비조로 물었다.

"맞아요. 남제서 百濟傳에도 중국 제나라가 작위를 준 것으로 되어 있습니다만, 전 이렇게 봅니다. 즉 제나라가 북쪽에서 밀려 중국 남부에서 왕조를 형성했으나 그 세력이 허약하기에 강국 백제의 힘을 빌려 왕조를 유지하고자 하는 의도에서 백제와 화친을 도모하고자 하였고, 본국과 멀리 떨어진 곳에서 식민지나 속국을 만든 백제 역시 漢족과 토착 인을 효율적으로 지배 통치하려면 명분이 필요할 것이고 하여 중국의 관직이 그 명분이 될 수 있기 때문에 요즘말로 상생(win-win)의 전략적인 선택이라 할 수 있겠지요. 일종의 겸직이라 할까요."

막내는 잠시 말을 멈춰 숨고르기를 하더니 말을 잇는다.

"심지어는 北齊書에는 '백제왕 余昌(27대 威德王)을 황제만이 사용하는 신임표시의 증표인 使侍節 都督(군사책임자) 및 동 青州(산동 반도일대) 刺史[자사](행정책임자)라는 여러 직책을 한꺼번에 하사하는 식으로 기록되어 있습니다만, 이는 산동 반도가 백제의 땅임을 묵시적이거나 간접적으로 인정하는 것이 아니겠습니까? 저도 공부를 하면서 중국 25사에 백제에 대한 기록이 많은 것을 보고 궁금했었는데 그 궁금증이 오늘에야 풀렸습니다. 백제의 대륙 경영이 그들의 역사와 직접적인 연관이 될 수밖에 없었던 것이지요."

막내의 진지한 설명에 모두들 고개를 끄덕이는 중에 첫째가 다시 말을 이었다.

"나도 『삼국사기』의 최치원 열전에 통일 신라 때 최치원이가 당나라 조정에 보낸 편지에 '고구려와 백제가 전성기에는 강병 100만을 보유하여 남으로는 오월을 침범하고, 북으로는 유주, 연, 제, 노를 괴롭히는 중국의 골칫거리가 되었다(高麗百濟[고려백제] 全盛之時[전성지시] 强兵百萬[강병백만] 南侵吳越[남침오월] 北撓幽燕齊魯[북요유연제노] 爲中國巨蠹[위중국거려])'라는 기록이 있어, 뜬금없는 과장된 내용이라고 생각했는데 실제로는 침범이 아니라 아예 점령하여 식민지로 만들었습니다. 오죽했으면 동성왕이 본국으로 돌아가지 않고 손수 대륙의 식민지를 개척 운영하느라 혼신을 다하던 중 그만 현지에서 죽을 정도였겠습니까?"

"좀 더 큰일을 이룰 수 있었는데 젊은 나이에 아까웠습니다. 광개토열제 나 알렉산더 대왕이 연상됩니다."

둘째가 아쉬운 표정을 지었다.

동성왕의 장례식은 본국의 태자(무령왕)의 주도 아래 식민지 및 제후국들의 수많은 조문객이 참여한 가운데 장엄하게 거행되고 산동 반도에 묻혔다.

"가만 있자~ 백범 김구 선생님이 임시정부가 중경으로 피신하였을 때 장개석 총통이 백범선생을 위로하며 '자신의 고향은 옛 백제의 땅'이라고 했을 때 백범선생은 눈물을 흘렸는데 그 눈물의 의미는 역사에 대한 자신의 무지가 부끄러웠기 때문이라고 했다는 일화가 생각나는구먼."

"예, 큰 형님, 장총통의 고향이 浙江省(절강성)이니 우리가 본 백제의 식민지 그 자리입니다."

막내 동생이 한 말이었다.

"그러게 말일세. 장총통도 인정하는 대륙 백제의 위상을 우리가 모르고 있었다니 정말 부끄러운 일일세."

• • •

"가만, 가만, 신라와 당나라가 크게 싸우는 모양일세... 우리나라의 한반도뿐만 아니고 중국대륙에서도 싸우는 구먼..."

나의 질문에 모두들 그곳을 살펴보았다.

앞서 신라는 건국초기부터 대륙의 남서부 쪽의 백제와 요서 화북 서쪽의 고구려와 사이에서 서로 힘겨루기를 시작하면서 세력을 팽창하던 중 중국의 낙랑지역을 지배하며 泉州(현 복권성 서남쪽) 쪽에 속국을 두는 등 발전을 거듭 하였다.

신라인들이 전투에 즐겨 사용하는 쇠뇌는 신라인들이 속국인 양자강 등지에서 많이 자라는 물소를 이용한 것으로 사거리가 다른 것에 비해 2~3배 더 멀리 나갔다.

고구려의 광개토열제와 장수왕, 문자왕 시절에는 신라는 백제와 더불어 고구려에 지배를 받았으나 수, 당나라가 위세를 펼치자 점차 나라를 부강하여 지증, 법흥, 진흥, 때는 나라이름을 새롭게 펼친다는 뜻인 新羅로 바꾸었다. 자치적인 연호를 사용하면서 중국대륙의 북동 해안지역 등에 식민지 및 속국을 설치하면서 황제의 나라로 변경하였다.

선덕여왕시대 때는 지증왕 때부터 건축하기 시작한 황룡사를 9층 목탑의 대 탑과 첨성대를 세워 나라의 태평성대와 번창을 기원하고자 했다.

"9층 목탑의 위세가 대단하구나. 그 높이가 대단하구먼, 저만한 높이를 어떻게 세웠을까?"

모두들 황룡사 9층 목탑을 보면서 감탄을 연발했다. 황룡사 전체모습에 우뚝이 쏟은 9층 목탑은 주변의 경관을 압도하였다.

목탑을 만든 사람은 선덕여왕의 청에 따라 백제인 아비지가 주관하였으며 그 높이가 80장(80m 정도)이었다. 거기에는 신라 3대

보물의 하나인 丈六尊像(1장 6척: 크기 1.6m 정도)을 금동으로 안치하였다.

9층에는 1층은 倭國(일본), 2층은 中華(중국의 중부지역 한족 국가), 3층은 吳越(중국 남서쪽), 제4층은 托羅(제주), 제5층은 鷹遊(백제), 제6층은 靺鞨(중국 북동부 쪽), 제7층은 契丹(중국 북부 쪽), 제8층은 女眞(중국 북부 송화강 쪽), 제9층은 穢貊(고구려)이라 하여 이를 신라가 함께 할 나라인 久旱 즉 九韓으로 여기며 태평성대를 기대하였다.

• • •

신라는 문무왕(670년)때 당나라와 협조아래 백제를 물리쳤다.

백제를 물리친 후 신라와 당나라는 중국의 백제세력을 분할하였다.

백제 본토와 중국내의 백제유민들은 백제 수복을 위해 많은 저항을 하였으나, 특히 중국내에서는 당나라와 수년 동안 전투를 치렀으나 결과적으로 백제는 지고 말았다.

고구려의 연개소문이 죽고 그 아들들이 내분으로 고구려의 내분이 생기며 연개소문의 큰 아들 연남생이 고구려를 배신하여 당나라로 귀하하자 당나라는 그와 함께 고구려를 공격하였다.

신라는 당나라가 고구려를 공격할 때 협동작전으로 고구려후미를 공격하여 고구려를 멸망시키는데 큰 기여를 하였다.

신라는 삼국을 통일 후 내치를 위해 노력하고 있었다. 그러나 고구려의 옛 영토를 되찾고 고구려의 전통을 이은 발해 인들이 大震國(대진국)을 건국하여 신라와 당나라는 고구려의 일부만 차지하게 되었다.

당나라는 고구려를 멸한 후 신라까지 병합하려고 안동도호부를 설치하면서 신라 땅이던 比列城(비열성)(지금의 안변)과 한성주(지금의 서울) 까지 편입하려고 했으며, 이에 신라는 당 군을 몰아내고자 과업을 실행하였다. 이때 백제 및 고구려 유민들은 또다시 대 당 투쟁을 위해 많은 노력을 하였다.

“저 사람들은 신라 사람이 아닌 것 같은데....? 외국인들도 용병에 참여한 건가?”

전투에 참여하는 군인들 중에는 외국인이 있어 한마디 말을 던져보았다.

수명의 사람들은 보았으나 첫째 동생이 말을 건 냈다.

“어쩌면 외국인들도 신라군에 군사로 참여한 모양입니다.”

“뭔 말인가? 외국인이 군사로 참여한다고?”

“이당시 신라시대에는 외국인들의 참여가 많았을 테고 이중에는 신라의 군사로 참여한 인사들도 있었겠지요. 신라의 저자에 가면 외국인들이 제법 보이지 않습니까? 신라가 외국인들에게도 많은 교류가 있다 보니...당시에는 신라나 백제 모두가 외국인들과의 교류가 많았던 것입니다."

"음 그렇지. 신라비석에 보면 외국인들의 모습을 새긴 武人(무인)상 비석을 보긴 했었지만, 이처럼 외국인들의 모습을 쉽게 볼 수 있으리라고는…."

"혹시 '페르시아 왕자와 신라공주'와 로맨스를 들어보셨습니까?"

다른 사람들도 처음 듣는 말인지 어리둥절하였다.

"저도 얼마 전에 들은 얘기입니다만, 페르시아가 아랍인들로부터 패망하여 그 왕자가 망명하여 떠돌다가 신라로 귀국하여 신라공주와 만나서 결혼도 하였답니다. 왕자는 신라와 당나라의 전쟁에서 참여하기도 하였고 후에 페르시아로 돌아가서 멸망한 페르시아를 다시 재건했다 합니다. 그 이름이 '피로즈 상말'이라 하더군요. 이런 얘기가 페르시아 기록에 전해지고 있다고 합니다."

"그런가? 혹시 좀 전에 봤던 외국인이 그 사람인가?!…ㅎㅎ"

나당 전쟁은 계속되었다.

문무왕9년(670년) 3월에 薛烏儒(설오유)가 이끄는 신라군과 太大兄(태대형) 高延武(고연무)가 이끄는 고구려 유민군이 연합해 압록강을 건너가 당 군을 토벌하면서 본격적인 나당전쟁이 개시되었다.

문무왕 10년(671년)4월에는 신라군이 당군 5,300명을 石城(석성)싸움에서 몰살시켰고, 문무왕 11년(672년)1월에는 가림성에 쳐들어온 당군을 격퇴했다. 그리고 그해 7월에는 高侃(고간)과 李槿行(이근행)이 이끄는 당군 1만 3,000명을 고구려유민들과 합세하여 평양 근처에서 패퇴시켰다.

문무왕 12년(673년) 2월에는 유인궤가 이끄는 당군이 瓠盧河[호로하](지금의 예성강)를 건너 七重城[칠중성](지금의 적성)을 공격했으나 그곳을 지키고 있던 고구려 유민들과 신라군의 완강한 저항으로 격퇴당하고 말았다.

문무왕 12년 7월 초하루에 김유신 장군은 승하하자 당 군은 김유신장군의 죽음을 게기로 다시 침략하고자 대대적인 준비를 계획하였다.

”김유신 장군이 돌아가셨구먼...장군이 60살이 넘어서 결혼을 하셨는데 그 전에는 결혼을 못 하신건가?“

김유신 장군에 대해 궁금한 것이 많던 차 장군의 죽음을 듣고서야 첫째에게 물어보았다. 그러나 첫째도 모르긴 마찬가지였다.

”저도 거기에 대해서는 모르는데... 혹시 천관녀와 관계가 있는지요?“

”그래~ 그 시대를 돌아 봐야 겠구먼.“

장군께서는 가야족의 왕실 후손으로써 어머니는 신라 진평왕의 동생 숙흘종의 따님인 만명공주였다.

가야인의 유민이기 때문에 가야왕실의 전통을 이어 받아 비록 진골의 골품을 가졌다 하나 신라 귀족들로부터 많은 홀대를 받으면서 생활하였다.

장군이 16세 때 가야의 귀족인 天官女(천관녀)를 만났다. 그녀는 神女(신녀)로서 관리를 담당하던 여사제로 일하던 중 장군을 만나 사랑을 하게 된다.

그러나 장군의 어머니께서는 그 사실을 알고서 '네가 커서 공을 세우고 왕과 부모에게 기쁨을 안겨줄 날을 밤낮으로 고대하였는데 어찌 너는 술과 여자나 쫓아 다니느냐'라고 꾸중을 하게 되어 장군은 그녀를 만나지 않기로 다짐하였다. 어느 날 장군이 술에 취하여 집에 가던 중 말이 천관녀 집으로 가게 되자 장군은 그 말의 목을 베었다.

그 후 장군은 천관녀를 만나지 못하였고 천관녀는 절을 지어 비구니 승으로 봉직하며 장군의 대업을 기리면서 일생을 마쳤다.

장군은 삼국통일이라는 대업을 완수코자 심신을 다하던 중 나이 60세가 되어 처남이자 장인이 된 무열왕의 며느리를 부인으로 맞이하였다.

4남1녀의 자녀를 두었으나 장군이 세상을 떠나기 10년 전에 軍勝(군승)이라는 서자를 자제로 맞이하였다. 그는 천관녀의 아들이었으며 김유신 장군의 아이였으며 그녀가 절에 봉직하자 그 아이를 천관녀의 삼촌이 거두어주었고, 대당전투에 많은 공을 세웠다.

장군은 천관녀의 비구니 승의 불우한 사실을 듣고서 천관녀가

시주 봉사했던 절을 天官寺(천관사)라는 절로 바꾸었다.

그녀가 지었다는 怨詞(원사)라는 향가가 있다.

'가시 리 가시리 잇고 바리고 가시리 잇고,

날러 는 어찌 살라하고 바리고 가시리 잇고,

잡사와 두어 리 마나는 선하면 아니 올세라

설운 님 보내 옵 나니 가시는 듯 돌 아 오소서'

"정말 애틋한 노래이구먼, 이런 노래를 뒤에 두고 떠나신 장군의 심정은 어떠했을까?"

모두들 내 푸념에 세 동생이 동시에 한 말이다.

"정말 김유신 장군이 아니면 감당하지 못할....."

• • •

장군님이 죽은 후 興武大王(흥무대왕)이라 시호를 내려주었다. 삼국통일의 기반과 그 과정을 수행한 공적이 너무나 크기 때문에 왕위와 함께 묘도 왕능으로 모셨다.

2년 후, 문무왕14년(675년) 9월에 설인귀가 통솔하는 수군을 보냈으나 泉城(천성)에서 격파 당했다.

이번에도 패배를 거듭하던 당군은 문무왕15년(676년) 이근행을 총사령관으로 하여 20만 명의 대군을 買肖城과 중국지역에 보내

김유신 장군의 묘

천관녀의 절터 복원과정

신라에 대한 대대적인 공격을 계획하였으나 3만명의 신라군과 고구려 유민들에 의해 패배하고는 조선북부지역의 안동도호부를 발해만 쪽 요동성 쪽으로 옮겼다.

특히 백제가 망한 후로 백제의 땅 대부분을 신라가 흡수하였고 중국 동부 쪽으로는 山東省(산동성)과 登州(등주)(등조우), 남으로는 揚子江(양자강)주변 및 해안가 일대를 新羅所(신라소)니 新羅坊(신라방)이니 등 직할 식민지로 운영하였다.

"신라방이나 신라소가 단순히 장보고의 영향이 아니구먼, 내가 어릴 때 들은 얘기로는 장보고 때문에 신라방이 생긴 줄 알았는데..."

"신라소나 신라방 등이 이렇게 대단한 줄 몰랐습니다. 장보고는 신라방이나 신라소를 최대한 활용한 것 뿐 입니다."

내가 신라방에 대한 얘기를 질문하자 큰 동생이 신라소 신라방에 대해 얘기를 이어갔다.

"보다시피 신라나 당나라의 해양무역을 담당한 것이 아니라 동남아 등 전 세계적인 무역체계를 운영하였습니다. 대단한 사업가였네요."

"그리고 산동성에 赤山法華院(적산법화원) 같은 절을 운영하여 신라인들의 권익보호와 대외적인 교류를 담당하였군요."

"산동반동에 있던 해양 기지를 본국 쪽으로 이동하여 청해진을 운영하다가 이권다툼에 개입하여 살해되어 안타깝습니다."

"그런데 그를 염장 지르다니..."

내가 큰 의미 없이 그냥 한 말이었으나 둘째 셋째 동생들이 동시에 물었다.

"무슨 말씀인데요? 염장이라뇨?"

"장보고를 살해한 친구의 이름이 장보고의 심복인 염장인데 이 친구가 배신하여 칼로서 장보고를 살해했기 때문에 이를 두고 염장 지르다 는 말이 나온 건데..."

"그렇네요. 심복이 주인을 살해하는 경우가 많지요."

모두들 쓴 웃음이 피어났다.

"그러면 또 다른 역사를 찾아봐야 겠지?"

"형님, 우리가 잃어버린 역사가 또 있습니다. 발해입니다. 지난번에도 말했습니다만 발해는 우리 역사에서 소외되었습니다."

"발해? 대조영이 건국한 발해 말이지? 요즘 TV드라마도 나오는 등 재조명을 받고 있지 않나?"

"물론 근간에 발해에 대해 연구를 하는 사람들이 더러 있습니다만 아직은 우리 역사의 番外(번외) 역사로 취급받고 있습니다."

"번외 역사라…… 하긴 내가 아는 발해는 대조영이가 건국했다는 정도만 알고 있으니……."

"발해는 우리 중국의 지방정권의 역사로 알고 있습니다. 당나라에서 발해라는 국호를 내려준 것으로 압니다만."

두 째인 중국인 강씨가 한 말이다.

"제 견해는 좀 다릅니다. 당시 일본과 발해가 많은 교류를 했는데 그 당시 주고받은 국서에 보면 고구려의 후예이고 大震(대진)이라는 국호를 사용했으며 황제의 나라이던데요?"

이에 첫째가 막내의 말에 맞장구치며 말한다.

"그렇지! '대진국'이었지. 辰(진)은 조선을 뜻하는 辰韓(진한)에서 유래된 것이고, 당나라에서도 海東盛國(해동성국)이라 인정할 정도로 위세가 대단한 나라였어."

"여기서 이렇게 아니라 우리 눈으로 확인하세나."

"예, 간 김에 고려의 북방 영토에 대해서도 확인해 보시죠? 특히 윤관장군이 개척했다는 9성을 꼭 보고 싶습니다."

"윤관장군의 9성? 그곳은 왜? 내가 알기로는 9성은 발해 쪽이 아니라 함흥일대로 알고 있는데."

"저 역시 그렇게 배웠고 그렇게 가르치고 있었습니다만 앞뒤가 안

맞는 게 있습니다. 『고려사』 「지리지」에 여진을 정벌하고 公險鎭(공험진)과 先春嶺(선춘령)에 碑(비)를 세워 국경을 삼았다고 했습니다. 『세종실록』 「지리지」에는 공험진은 경흥에서 700리, 선춘령은 공험진에서 동북쪽으로 700리라 했는데 이곳은 두만강 북쪽 지역으로 우리가 알고 있는 북간도 지역인 것입니다. 결코 함흥일대가 될 수 없는 것입니다."

"그러면 우리나라가 고려시대까지만 해도 간도 지역이 우리 땅이었다는 건가?"

"그게 사실이라면 조선시대 말까지도 간도 지역이 우리 땅이었다는 것이 확인되는 겁니다. '백두산경계비'나, 소위 '간도 협약'의 근원이 밝혀지는 것이지요."

"흠, 우리 舊韓末(구한말)에 우리 민족이 간도에 많이 이주한 것이 우리 땅을 되찾고자 한 의미도 있었구먼. 그래 어서 가 보세나. 잃어버린

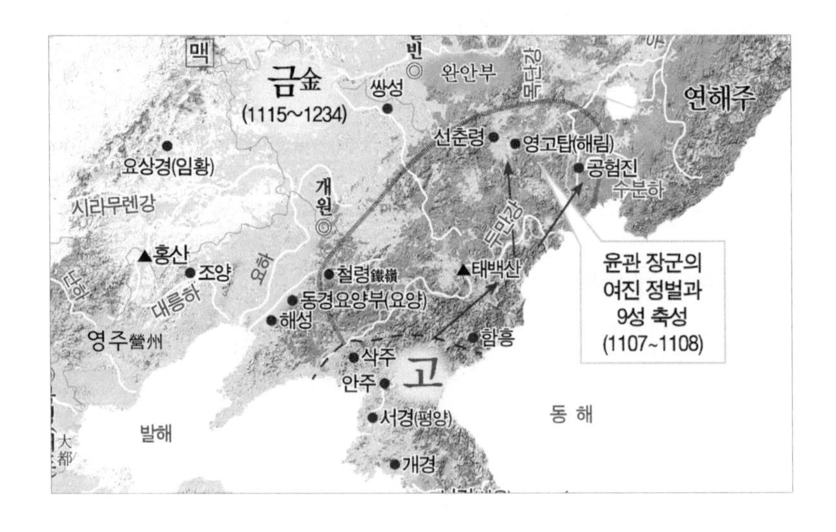

땅은 못 찾을지라도 역사는 찾아야겠지."

대진국의 어느 시점, 장소를 정하고자 하는데 갑자지 뒤에서 누군가 어깨를 잡았다. 신령이었다.

"이제 돌아갈 시간이네."

"예?! 아직 가야 할 곳이 너무나 많은데, 벌써 입니까?"

모두가 아쉬운 표정으로 신령을 보았으나 그는 무표정한 얼굴이었다.

"신령님, 마지막으로 우리 가족들을 보고 갈 수 없을까요?"

내말에 모두들 하나 같이 애원의 눈빛으로 그를 바라보았으나 그는 냉정히 고개를 흔들었다.

"쓸데없는 일이야. 이미 소멸된 인연인데 그들을 봐서 뭐하게? 벌써 수백 년이 지났다네. 그들도 이승의 인연을 끊고 이곳에 머물고 있을 걸세."

「하늘에서의 역사 기행」 끝

> "우리가 오늘 본 백제가 해양제국을 건설한 백제임에도 불구하고 한반도의 서남쪽 일부를 차지한 조그마한 나라로만 기억했던 편견 때문에 정림사지의 탑에 새겨진 기록을 무심코 넘겨버리는 것입니다. 이 역시 무지나 편견에서 나온 또 다른 역사의 왜곡이자 날조가 아니겠습니까?"

2부 또 다른 허튼 글 : "시 답지 않은 詩"이지만

가는 세월 못 잡고
오는 세월 막지 못해
바둥바둥하면서

누구의 모습일까

눈 코 입 귀,
모두 있다만

내 아닌 너
너 아닌
내가 있다.

가을 단상

흐드러진 코스모스
무리지어 현란하다

가냘픈 몸매로 하늘하늘
솔바람 스쳐 꽃 너울 넘실

고추잠자리 휘휘
새파란 하늘 뭉게구름 흐른다

수성할매

수성들 품에 안고
보채는 아이 젖 물리고
우는 아이 업어주며
천석꾼 만석꾼 키웠다

흥부 박

춘 삼월
강남제비 흥부 박 품었더라

뭇 여름
소복단장 그님을 기다렸다

초가지붕
달덩이 같이 넝쿨째 둥실 덩실

교수가 할 일은....

두루두루
생각하고

깊고 깊게
학업정진 하여라.

쉽고 재미있게
가르쳐
나라 棟梁(동량),
인재육성 하여라.

원자력 연구소에 근무하다가 충남대학교 교수가 된 아들에게....
2018. 9

가야금 거문고 등기 둥둥

가야금 섬섬옥수
거문고 술대 울려지고
가락은 등기 둥둥

화랑 무 한 걸음
선인의 춤사위 두 걸음
모두가 하나 되어

바닷가를 삼키고
해금강의 울울한 나무들
하늘 향해 치솟았다

하늘이여 통곡하소서!

한 명의 염세주의자의 불장난에,
수많은 생명들이 고통 속에 죽어갔다
연옥인들
그 보다 더 고통스러웠을까?

....
엄마, 숨 막혀...!
엄마 사랑해...!
어머니 애들을 부탁해요...!
여보, 사랑해요...!
애절하고 처절한 목소리가
내 가족인양 아직도 귓가에 맴돌고
지금도 눈시울이 젖어 온다.

가족 아닌 내가 이럴진대 그 가족은...
'통곡' '실신' 무슨 말인들 위로가 될까?
그저 하염없는 눈물뿐이다
하늘인들 무심할까?
하늘도 눈물을 흘리고 있다.

구천을 헤매는 그들이시여,
그 날의 한을 어찌 잊겠습니까,
부디 훌훌 털고서
더 좋은 세상에서 영생을 누리소서!
....
하늘이시여,
통곡하소서! 펑펑 눈물을 쏟으소서!
당신의 그 눈물로
그 들의 아픔과 한을 씻어주소서!

지하철 사고를 당한 가족들에게....

용서는 누가 하는가

나쁜 놈, 죽일 놈
이보다 더 한 욕이 있을까만
그를 용서할 수 있을까?
용서해서는 안 된다.

인간의 이름으로, 신의 이름으로,
그리고 법의 이름으로도
이럼에도 그 는 끔찍하게 죽였어도
자신은 죽지 않고자 발버둥 칠 것이다.

아니다
죽지 않는 다는 것을 확신하고 있다
어떤 인간도, 그 어떤 神일지라도
그리고 법이라 할지라도
자신을 죽이지 못할 것을 알고 있다.

이런 모순이 있을 수 있을까?
“이에는 이” “눈에는 눈”
인간의 원초적인 심판은 아닐지라도
천벌이니, 인과응보니
종교적인 신의 심판이 아닐지라도
죄 값에 대한
법의 심판마저 못하게 하는 것이
오늘의 현실.

그렇다
이미 인간이나 신은 그를 죽일 수 있는
권리나 권한은 없다
오히려 용서만 강요당하고 있는 현실
법만이라도 그를 심판할 수 있어야한다
죽음보다 더한 고통을 주기 위해 살려두자.

불행히도 그 고통을 줄 수 있는
권리마저 없 은지 오래다.

예슬이의 죽음을 안타까워하면서…

비가 왔으면...

황사(黃砂)가 짙다
이 좋은 봄날에 황사가 웬 말인가
울긋불긋 꽃이 좋으련만
저 멀리 앞산의 꽃은 있는 가?

황사를 씻어 줄
달구비 같은 비가 내렸으면...
달구비가 아니어도
보슬 보슬 보슬비라 도 내렸으면

가뭄은 아니어도 먼지잼이라도....,
비는 내렸으면
보슬비는 이슬비처럼,
가랑비 될까봐 지례 걱정이 앞서지만.

대륙의 찌꺼기 한데 모이고 모여
먼지보다 작게, 미세먼지로
우리 가슴을 스며들며
비라도 온다면 황사는 씻겨가리

* 달구비 : 빗발이 달구처럼 굵게 죽죽 쏟아지는 비
* 먼지잼 : 비가 겨우 먼지나 날리지 않을 정도로 조금 내리는 비